검은
천사

검은 천사 3
임영기 장편소설

초판 1쇄 찍은 날 § 2016년 4월 15일
초판 1쇄 펴낸 날 § 2016년 4월 22일

지은이 § 임영기
펴낸이 § 서경식

편집책임 § 이지연
편집 § 박가연

펴낸곳 § 도서출판 청어람
등록번호 § 제387-1999-000006호
등록일자 § 1999. 5. 31
어람번호 § 제1-2397호

주소 § 경기도 부천시 원미구 부일로 483번길 40 서경B/D 3F (우) 14640
전화 § 032-656-4452 팩스 § 032-656-4453
http://www.chungeoram.com
E-mail § chungeorambook@daum.net

ISBN 979-11-04-90737-1 04810
ISBN 979-11-04-90701-2 (세트)

3

버림받은 민족

검은
천사

FUSION FANTASTIC STORY

임영기 장편소설

도서출판 청람

차례

C O N T E N T S

검은
천사

제15장
이름 없는 주검

12월 3일 새벽 5시 10분.

정필은 무산이 바라보이는 두만강 강변에 왔다.

그가 처음 이곳에 온 것은 꿈에서 봤던 벌거벗은 은애를 만나기 위해서였으며, 두 번째는 박종태를 죽이러, 그리고 이번 세 번째는 잃어버린 은애를 찾으려고 다시 왔다.

캄캄한 밤에 바라보는 두만강은 여전히 을씨년스러웠다. 저 강 너머에서 동포들이 굶주리고 헐벗으며 죽어가고 있다는 생각을 하자 강 건너의 시커먼 어둠이 악마의 아가리처럼 여겨졌다.

휘이잉—

차갑기보다는 매섭다는 표현이 나을 듯한 강풍이 두만강 상류 백두산 쪽에서 무섭게 불어오고 있었다.

두만강의 풍경은 처음에 왔을 때나 변함이 없는데 날씨는 그때하고는 사뭇 달라졌다.

별로 추위를 타지 않는 정필마저도 으스스한 한기를 느낄 정도로 북방의 강추위는 대단했다.

이곳에서 은애를 처음 만났던 11월 19일에서 보름이 채 지나지 않았는데 칼바람에 정필은 뺨이 칼로 베는 듯하고 귀가 떨어져 나갈 정도의 추위를 느꼈다.

"으으… 무지하게 춥습다."

도로에서 두만강 쪽으로 가파른 비포장길을 100m쯤 내려온 곳. 지난번 박종태를 죽이러 왔을 때 아우디를 댔던 공터에 볼보를 세우고 정필 옆에 나란히 서 있는 김길우는 지독한 강추위에 부르르 몸을 떨었다.

그런데도 김길우는 추위를 견디면서 정필 옆에 서서 캄캄한 두만강을 내려다보았다.

또한 그는 정필에게 어째서 여기에 왔느냐고 묻지 않았다. 그런 점은 윗사람을 섬기는 심복으로서의 좋은 덕목이라고 할 수 있다.

"길우 씨는 차에 들어가서 히터 틀어놓고 있으세요. 나는 잠시 다녀올 곳이 있습니다."

정필은 김길우의 대답을 듣지 않고 가파른 비탈길 아래로 뻗은 캄캄한 오솔길을 걸어 내려갔다.

두 번 와봤던 길이라서인지 캄캄한데도 그는 제법 익숙하게 길을 찾아서 강가로 접근했다.

오늘 밤하늘에는 달마저도 없다. 원래 달이 뜨지 않은 것인지 구름이 잔뜩 끼어서 달이 보이지 않는 것인지, 하여튼 1m 앞조차 보이지 않을 정도로 캄캄했다.

그런데도 정필은 계속 주위를 두리번거리면서 걸어 내려갔다. 어딘가에 은애가 있을 것만 같아서, 그리고 그녀는 정필을 보지 못하고 정필만 그녀를 볼 수 있을 것 같아서 잘 보이지도 않는 어둠을 부지런히 두리번거렸다. 그러나 그녀의 모습은 어디에서도 보이지 않았다.

어느덧 정필은 강가에 이르렀다. 거기는 처음에 왔을 때 그를 발견한 은애가 북한 쪽에서 건너왔던 곳이며, 그가 은애 아버지 조석근과 은철이를 구하기 위해서 직접 도강을 했던 바로 그 강폭이 제일 좁은 장소다.

정필은 누렇게 마른 풀이 가슴까지 오는 넓게 펼쳐진 풀밭을 이리저리 돌아다니면서 그곳을 중심으로 강 상류와 하류를 최대한 길고 넓게 살펴보았지만 역시 어디에도 은애는 없었다.

'그저 단순한 꿈이었나?'

그럴 수 있다. 아니, 따지고 보면 그냥 단순한 꿈이었을 가능성이 크다.

그가 은애를 지나치게 걱정하는 나머지 꿈에서까지 그녀가 나타난 것일 수도 있다. 프로이트 선생도 무의식은 의식의 연장이라고 설파하지 않았던가.

정필은 강의 상, 하류를 두루 살피다가 다시 원점으로 되돌아와서 북한 쪽을 향해 우두커니 섰다.

시계를 보니까 새벽 6시 5분이다. 해가 뜨려면 아직 1시간 30분 정도 남았다.

해가 뜨면 강 건너 북한 국경수비대에서 이곳까지 잘 보일 테니까 더 이상 머물 수가 없게 된다.

그러니까 그 전에 은애를 찾아내든지 여길 떠나든지 양단간에 결정을 내려야만 한다.

정필은 강가에 서서 캄캄한 강 너머를 응시하면서 잠시 생각에 잠겼다.

그는 이제부터 강을 건너가 볼 것인가, 아니면 이대로 돌아설 것인가를 결정해야만 한다.

은애가 두만강 건너 북한 땅에 있을지도 모르지만 사실 그럴 가능성은 희박하다.

그렇지만 결국 정필은 아무리 희박한 가능성이라고 해도

자신이 직접 강을 건너가서 확인해 봐야만 한다는 쪽으로 결정을 내렸다. 만약 이대로 돌아선다면 두고두고 후회할 것 같기 때문이다.

"후우……."

땅과 강의 경계에 선 정필은 두 팔과 어깨를 벌리고 길게 심호흡을 했다.

그의 발 앞의 강은 얼음이 꽁꽁 얼었다. 4일 전 이곳보다 200㎞쯤 하류인 온성에서 명옥을 건너주었을 때 두만강은 양쪽 가장자리가 10m쯤 얼었었고 강 중심으로 갈수록 얼음이 얇아졌다가 복판에 강물이 세차게 흘렀었다.

이곳이 온성보다 훨씬 상류이며 강폭은 그곳보다 5~7m쯤 더 짧다.

그렇지만 4일 전에 35m 강폭의 온성은 얼지 않았었는데 4일이 지난 이곳 강 전체가 얼었을 것이라는 생각은 들지 않았다.

사박사박…….

그래도 정필은 옷을 벗지 않은 상태에서 상체를 뒤로 젖혀서 하체를 내밀고 체중을 뒤쪽으로 두는 자세를 취하며 천천히 조심스럽게 전진했다.

지금은 몹시 추운 날씨인데 그는 홑청바지에 위에는 티셔츠와 가죽점퍼를 입었을 뿐이라서 그냥 가만히 있어도 추운 상황이다.

그런데 옷을 벗고 차디찬 강물 속에 들어갔다가 나오면 추위를 견디기 어려울 것 같아서 될 수 있는 한 옷을 벗지 않으려는 것이다.

앞으로 전진을 하다가 잠시 멈춘 그는 발에 힘을 줘서 얼음을 굴러보았다.

쿵쿵…….

얼음이 단단하게 언 소리가 발밑에서 묵직하게 울렸다. 그러고 나서 가만히 귀를 기울여 보니까 앞쪽에서 강물 흐르는 소리가 들리지 않았다.

그렇다는 것은 강 전체가 다 얼었기 때문일 수도 있다. 아닐 수도 있겠지만 일단 다 얼었을 것이라는 쪽에 가능성을 두기로 했다.

바삭… 사박…….

정필의 발밑에서 얼음 가루 부서지는 소리가 자늑자늑 울렸다. 그는 얼음이 갈라지거나 갑자기 강물이 나타날 것에 대비하여 최대한 천천히 전진했다.

얼마나 캄캄한지 그가 발을 내딛고 있는 바닥조차도 부옇게 제대로 보이지 않을 정도다.

툭…….

그런데 갑자기 그의 발이 어딘가에 걸렸다. 그는 얼음이 깨지거나 강물이 나타날 것만 신경을 썼지 평평한 얼음 위에 장애물이 있을 것이라고는 조금도 예상하지 않았었다.

픽!

그는 발이 걸린 장애물 위에 엎어졌으며, 장애물은 얼음 위에 낮으면서도 길게 뻗어 있는 단단한 바위였다.

그는 엎드린 자세로 가슴으로 바위를 누르고 두 손으로 바위 너머의 얼음 바닥을 짚고 있었다.

그는 무릎을 꿇은 자세에서 두 손으로 얼음 바닥을 힘껏 밀어 바위를 짚고 상체를 일으켰다.

"……!"

그런데 그 순간 그는 자신이 두 손으로 짚은 것이 바위가 아니라는 사실을 깨달았다. 울퉁불퉁하고 단단하기는 한데 표면에 까칠한 것이 만져졌다.

그는 무릎을 꿇고 앉아서 바위라고 여겼던 물체를 천천히 더듬어보았다.

"억?"

그리고 한순간 그는 동작을 뚝 멈췄다. 그의 한손에 만져진 것은 뻣뻣하게 얼어붙기는 했어도 긴 머리카락이 분명하고, 다른 손에 만져진 것은 얼음 가루를 뒤집어쓴 차디찬 얼굴인 것 같았다.

그는 얼굴을 만졌다고 생각되는 손을 조금 움직여 조심스럽게 더듬어보았다.

얼음덩어리 같은 뺨과 코, 그리고 입이 손끝에 만져졌다. 지금 그가 만지고 있는 것은 사람이었다.

"흐윽!"

움찔 놀란 그는 급히 두 손을 거두면서 뒤로 엉덩방아를 찧으며 주저앉았다.

제아무리 특전사 출신에 강철 심장을 지닌 정필이라고 해도 두만강 한복판에서 얼음덩어리가 된 시체와 마주치면 놀라지 않을 재간이 없다.

그러고는 그는 그 자리에 얼음 조각이 된 듯 한참 동안이나 꼼짝도 하지 못하고 그대로 앉아서 앞에 길게 누워 있는 물체를 쏘아보았다.

설마 자신의 발에 걸린 것이 사람일 줄은 꿈에도 생각하지 못했었다.

얼마나 시간이 지났을까. 어느 정도 어둠이 눈에 익을 무렵 그는 어떤 사람이 자신을 향해 옆으로 누워 있는 흐릿한 실루엣을 발견했다.

몸의 굴곡으로 미루어 그건 여자인 것 같았다. 옷을 입고 있으며 몸의 절반이 얼음 아래에 박혀 있고 어깨와 가느다란 허리, 둥글게 곡선을 이루고 솟아 있는 엉덩이, 길게 뻗은 다리가 보였다.

그리고 팔 하나가 정필 쪽으로 뻗어 있으며 팔꿈치 아래로는 얼음 속으로 사라져 있었다.

긴 머리카락에 얼굴을 반쯤 가린 여자의 하얀 얼굴이 정필을 물끄러미 바라보고 있었다.

아니, 여자는 눈을 감고 있었지만 정필은 그녀가 자신을 바라보고 있다는 생각이 들었다.

정필은 여자의 얼굴에서 시선을 떼지 않고 머릿속이 텅 빈 상태로 쳐다보기만 했다.

휘이이—

한 줄기 매몰찬 겨울 삭풍이 정필과 얼음에 반쯤 박힌 상태로 죽은 여자의 몸을 휩쓸고 지나갔다.

정필의 눈앞에서 얼음 속에 몸이 반쯤 박혀 있는 이 사람은 당연히 죽었을 것이다.

도대체 어쩌다가 이 지경이 된 것인지 정필로서는 상상조차도 할 수가 없다.

필경 이 여자도 굶주림을 견디다 못해서 두만강을 도강하여 중국으로 먹을 것을 구하러 가던 중이었을 것이다.

집에는 그녀가 먹을 것을 구해서 돌아오기만을 간절하게 기다리고 있는 가족이 있을지도 모른다.

그들은 은애 아버지 조석근과 은철이 그랬던 것처럼, 온기라곤 한 움큼도 없는 차가운 방바닥에 나란히 누워서 엄마가,

아니면 누나가 갖고 올 먹을 것을 하염없이 기다리고 있을 것이다.

그들의 한 줄기 희망인 엄마, 혹은 누나가 여기 두만강의 차디찬 얼음 속에 몸을 반쯤 파묻힌 채 싸늘한 시체로 변해 있는 줄도 모르고 말이다.

정필은 눈앞의 이 여자가 어떻게 죽었는지 보지는 못했으나 어째서 이 엄동설한에 차디찬 강물에 몸을 던져 도강을 하려고 했을지는 충분히 짐작할 수 있다.

은애도, 향숙이나 명옥, 순임, 진희들도 모두 같은 이유로 두만강을 건너와 각자의 뼈아픈 경험을 가슴속에 묻은 채 연길에 모여 살고 있다.

만약 정필이 아니었으면 그녀들은 인신매매로 팔려가서 짐승 같은 삶을 살아야만 했을 것이다.

정말 그렇게 되었다면 어쩌면 여기 싸늘한 얼음덩어리로 변해 죽어 있는 여자가 더 편안한 죽음을 맞이했을지도 모르는 일이다.

최소한 이 여자는 인간의 고귀한 존엄은 간직한 채 죽음을 맞이했을 테니까 말이다.

그래도 말이다, 대체 어째서 사람이 먹을 것 때문에 이렇게 비참한 죽음을 당해야 하는가 말이다.

같은 땅덩이 한반도에 사는 같은 한민족이거늘, 휴전선 위쪽의 삶은 왜 이리도 기구한 것인가.

"어흑……!"

갑자기 정필의 입에서 짓이긴 듯한 소리가 터져 나왔다. 그러고는 걷잡을 수 없는 눈물이 쏟아져 나왔다.

"으흐흐… 흑흑……!"

정필의 기억으로는 25살이 된 이날까지 단 한 번도 울어본 적이 없었다.

그는 유달리 강심장이고 두둑한 배짱을 지닌 탓에 초등학교 시절에도 울었던 기억이 없다.

그런 그가 폐부 저 밑바닥에서부터 치밀어 오르는 슬픔을 도저히 참을 수가 없어서 오열을 하고 있다.

"으흑흑… 미안합니다……."

이 여자가 죽은 것이 정필 때문이 아닌데도 그는 여자의 차디찬 주검에 사죄했다.

인간은 누구나 행복할 권리가 있으며 생명은 존엄해야 한다고 배운 정필이다.

그런데 이 빌어먹을 세상은 어째서 고귀한 인간을 이런 식으로 비참하게 죽게 만드는 것인지 이가 갈릴 정도로 분노가 솟구쳤다.

길지 않은 인생, 잘 살아봐야 7, 80년쯤 사는 인간의 인생이거늘 이 여자는 제명도 다 못 채우고 어느 누구의 보살핌도 받지 못한 채 가장 비참한 죽음을 맞이했다.

정필은 5분쯤 자신의 생애에서 가장 처절한 심정이 되어 숨죽여서 오열을 하고는 이윽고 눈물을 그쳤다.

그리고 그는 이 이름 모를 여자의 주검 앞에 경건하게 무릎을 꿇고 두 손을 모아 차가운 얼음 바닥에 댔다.

정필은 무신론자다. 무슨 특별한 이유가 있어서 무신론자가 된 것이 아니라, 기독교든, 천주교든, 불교든 접할 기회가 없었으며 집안의 어른들이 아무 종교도 믿지 않기 때문에 그도 자연스럽게 무신론자가 되었다.

그래서 그는 기독교나 불교의 교리가 아닌 그저 자신만의 신심(信心)으로 이 가련한 주검 앞에 무릎을 꿇은 것이다. 어떤 방법으로든 이 불쌍한 주검과 영혼을 위로해 주고 싶었기 때문이다.

그는 시신을 향해 제사를 지낼 때처럼 경건한 마음으로 고개를 숙여 두 번 절하고 나서 조용하지만 힘 있는 목소리로 말문을 열었다.

"당신의 희생을 결코 헛되이 하지 않겠습니다."

그는 두만강 한가운데에서 얼음에 몸이 반쯤 박힌 채 죽어 있는 여자의 시신 앞에서 한바탕 오열을 하고 나서 비로소 앞으로 자신이 해야 할 일이 무엇인지 깨달았다.

그는 두 손바닥을 여전히 얼음 바닥에 댄 채 말했다.

"당신 덕분에 내가 해야 할 일이 무엇인지 깨달았습니다."

슥—

그 말을 끝으로 정필은 그 자리에서 일어나 여자의 시신을 뒤에 남겨두고 북한을 향해서 두만강 얼음 위를 계속 천천히 걸어갔다.

그는 여자의 시신을 수습하여 연길에 모시고 가서 장례를 치러주고 싶었으나 지금은 강 건너에 은애가 있는지 확인을 해야 하니까 잠시 뒤로 미루었다.

앞쪽에 갑자기 얼음이 끊어져서 정필은 하마터면 강물에 발을 내디딜 뻔했다.

멈춰선 정필 앞에는 흰색의 얼음 바닥이 아닌 시커먼 색의 강물이 마치 한 마리 거대한 검은 뱀처럼 꿈틀거리면서 흐르고 있었다.

그 너머 3m쯤에 희뿌연 것이 보이는데 아마도 얼음인 것 같다. 강의 가장 깊은 곳의 3m가 얼지 않은 것이다.

정필이 얼음 끝에 서서 발에 슬쩍 힘을 주고 굴러봤더니 얼음이 단단했다.

그는 여기에서 옷을 입은 채 건너편 얼음까지 점프를 해서 건널까 잠시 생각했다가 그만두고 그 자리에서 옷을 벗기 시작했다.

3m 정도면 한 번에 충분히 건너뛸 수 있지만 만약 강물의 폭이 3m 이상이거나 자칫해서 실수라도 하는 날이면 낭패를 당하게 될 것이기 때문이다.

성공할 확률이 절반이라면 그만두는 편이 좋다. 성공을 하면 그저 다행일 뿐이지만 만약 실패를 한다면 돌이킬 수 없기 때문이다.

옷을 입고 있어도 뼛속까지 추운 날씨에 그는 팬티까지 벗은 알몸으로 두 손으로는 얼음 끝을 잡고 뒤로 돌아서 조심스럽게 강물 속으로 들어갔다.

다리부터 하체가 물속에 잠기자 처음에는 이게 뜨거움인지 차가움인지 모를 정도의 느낌이 확 끼쳐왔다. 그러더니 온몸이 그대로 동태가 돼버리는 극심한 한기와 머리가 빠개질 것 같은 두통이 엄습했다.

촤아아…….

원래는 물살이 세지 않았지만 강 양쪽이 얼고 한복판만 얼지 않다 보니까 강물이 가운데로만 몰려서 흐르는 바람에 두 손으로 얼음을 잡고 있는데도 몸이 떠내려갈 것처럼 휘청거렸다.

수심은 가슴까지 찼다. 그는 두 손으로 얼음을 힘껏 붙잡은 채 상체를 돌려 뒤돌아보면서 맞은편 얼음까지 거리를 가늠해 보았다.

처음에 측정한 대로 3m 남짓이다. 한순간 그는 얼음을 놓고 힘차게 맞은편으로 몸을 날렸다.

파앗!

한 번의 도약으로 맞은편 얼음을 붙잡으려는 시도였지만 보기 좋게 실패했다.

손은 맞은편 얼음에 닿지도 못한 상태에서 세찬 물살에 몸이 빠르게 떠내려갔다.

수심은 가슴까지밖에 안 차는데도 몸이 기울어진 자세라서 발이 바닥에 닿지 않았다.

이런 상황에서는 차라리 헤엄을 쳐야겠다는 생각에 상체를 숙여 몸을 눕히고 양손을 마구 휘저어서야 겨우 맞은편 얼음을 붙잡았다.

"헉헉헉……."

얼음 위로 올라서기 무섭게 찬바람이 세차게 몰아쳤고 마치 수백 자루 잘 드는 칼로 온몸을 마구 자르고 찌르는 듯한 통증이 엄습했다.

정필은 자기가 얼마나 떠내려왔는지 상류 쪽으로 걸어 올라가면서 맞은편 옷을 벗어놓은 곳을 찾아보다가 어이없는 기분이 되고 말았다.

3m밖에 안 되는 거리에 그 짧은 시간이었는데 무려 10m나 떠내려갔었다.

그는 일 초도 지체할 겨를 없이 북한 쪽을 향해 얼음 위를 뛰어가기 시작했다.

최소한 영하 20도는 될 법한 이 추운 날씨에 발가벗고 강물 속에 들어갔다가 나왔으니 제아무리 강골인 정필이라고 해도 시간을 지체하면 급격하게 체온이 떨어져서 저체온증이 올 수도 있다.

또한 이런 상황에 재수 없게 북한 국경수비대 병사라도 만난다면 엎친 데 덮친 격이 돼버린다.

그는 상체를 숙이지도 않고 얼어붙은 강 위를 넘어지지 않도록 조심하면서 최대한 빠르게 달렸다.

그때 그는 저만치 전방에 무언가 아주 흐릿하게 빛나고 있는 물체를 발견했다.

50m쯤 앞에 작고 동그란 바위 같은 것이 부윰한 빛을 흩뿌리고 있었다.

그렇지만 정필은 그 물체를 발견한 순간 그것이 바위가 아니라는 사실을 간파했다.

세상에서 저런 은은한 광채를 뿜어내는 것은, 아니, 사람은 오로지 한 사람뿐이다.

'은애 씨……'

정필의 걸음이 점점 느려지더니 이윽고 은애 두 걸음 앞에 멈추었다.

은애는 얼음이 끝나고 땅이 시작되는 곳에 무릎을 세우고 웅크리고 앉아서 두 팔로 무릎을 안고 무릎 위에 뺨을 묻은 채 잠이 든 것처럼 움직임이 없었다.

정필은 은애를 마주 보고 그녀 앞에 무릎을 꿇고 앉았다.

도대체 은애는 언제부터 여기에 이런 모습으로 앉아 있었다는 말인가. 그리고 그녀는 어째서 정필에게 돌아오지 못한 것인가.

어쨌든 그녀는 여기에 이런 모습으로 앉아서 하염없이 정필을 기다리고 있었던 것이다.

정필은 천천히 손을 뻗어 은애의 머리에 얹었다가 부드럽게 쓰다듬었다.

은애가 움찔! 하더니 살며시 고개를 들었다. 그러고는 정필이 온화한 미소를 지으면서 자신의 머리를 쓰다듬고 있는 모습을 발견했다.

"오… 오라바이……."

은애의 커다랗고 까만 눈이 더 커지면서 얼굴 가득 더없는 반가움이 파도가 출렁이는 것처럼 떠올랐다.

정필은 반가움을 꾸짖음으로 대신했다.

"또 나하고 의논도 하지 않고 마음대로 훌쩍 떠날 겁니까?"

은애는 고개를 살래살래 가로저었다.

"아니야요. 앞으로는 절대로 그러지 않갔습다……."

은애가 안고 있던 무릎에서 두 팔을 풀고 다가오려고 하는데 정필은 팔을 쭉 뻗어 손가락으로 그녀의 이마를 밀어 다가오지 못하게 하면서 짐짓 무서운 얼굴을 했다.

"한 번만 더 그러면 은애 씨를 모른 체할 겁니다."

"안 그럴 거야요… 내래 두 번 다시 안 그러겠습다……."

"또 그러면 이제는 정말 여기까지 찾으러 오지도 않을 겁니다."

고개를 마구 가로젓는 은애의 눈에서 눈물이 뿌려졌다.

"믿지 못하겠으면 제 발목에 족쇄를 채우시라요……! 내래 오라바이 말 안 듣고 돌아댕기다가 개고생했습다……."

정필은 은애의 이마에서 손가락을 떼었다. 이 가련한 은애를 품에 안아주고 싶어서 이제는 그가 더 견딜 수가 없다.

"으아앙―! 오라바이!"

정필이 무릎을 꿇은 상태에서 상체를 세우고 두 팔을 활짝 벌리자 은애는 어린아이처럼 울음을 터뜨리면서 그의 품으로 뛰어들었다.

"흐응응… 엉엉! 무서워서 혼났습다… 글고 오라바이 보고 싶어서리 죽는 줄 알았습다… 흐웅… 흥……."

정필은 은애의 등을 쓰다듬으면서 위로했다.

"이제 괜찮습니다."

"오라바이는 저 보고 싶지 앙이 했습까?"

"나는……."

정필이 대답하려는데 은애의 모습이 스르르 정필의 몸속으로 빨려들듯이 사라져 버렸다.

두 사람이 안고서 몸을 비비는 사이에 배꼽이나 은밀한 부위가 맞부딪쳤던 모양이다.

"은애 씨."

그러나 정필은 은애가 자신의 몸속으로 들어갔는지 혹시 어디로 사라져 버린 건 아닌지 확인하느라 불러보았다.

"오라바이, 저 여기 있슴다."

몸속에서 은애의 가늘고 여린 목소리가 들리자 정필은 비로소 안심이 됐다.

정필은 조금 전하고는 달리 이번에는 얼음 위를 멀리서부터 빠른 속도로 달리다가 세차게 흐르는 강물 위로 힘껏 점프를 하여 중국 쪽 얼음 위에 무사히 안착했다.

"오라바이, 어서 옷 입으시오. 몸이 얼음장 같다."

은애가 그런 말을 하지 않더라도 정필은 체온이 급격히 떨어지고 있는 것을 느끼고 부랴부랴 옷을 입었다.

양말과 운동화까지 신고 왔던 길을 더듬어서 얼음 위를 걷다가 조금 전 부딪쳤던 여자의 시신이 파묻혀 있는 곳에 이르렀다.

정필은 시신 옆에 무릎을 꿇고 앉아서 시신을 파낼 수 있는지 살펴봤으나 얼음이 워낙 단단해서 뭔가 도구가 있어야지만 가능할 것 같았다.

은애가 준 척사검이나 북한 여자 보위원 권보영에게서 뺏은 단검이라도 있으면 어떻게 해보겠는데 그것들은 권총과 함께 영실네 아파트에 깊숙이 감춰두었다.

"내래 이 여자 죽는 거이 봤슴다."

정필이 무릎을 꿇은 채 물끄러미 시신을 응시하고 있는데 은애가 독백하듯이 중얼거렸다.

"저 아래께 밤에 이 여자 혼자 도강하다가 중국 쪽 거의 다 가서리 갑자기 얼음 위에 미끄러져서 쓰러졌는데 일어나지 못하더라 그겁다."

"그걸 봤습니까?"

"저는 저쪽 북조선 땅에 서서 처음부터 끝까지 다 지켜봤슴다. 제가 조기 앉아 있는데 이 여자가 옷도 앙이 벗고 제 옆을 지나서 도강하더란 말임다."

정필은 여자가 미끄러져서 쓰러지며 머리를 돌이나 얼음에 세게 부딪쳐서 기절했을 것이라고 추측했다. 그러고는 그대로 동사(凍死)했을 것이고 며칠에 걸쳐서 지금의 모습이 되었을 것이다.

"아래께면 언제입니까?"

"어제, 그저께, 아래께임다."

그렇다면 이 여자가 기절했다가 죽은 지 3일이 지났다는 것이다.

"그런데 은애 씨는 어째서 돌아오지 못한 겁니까?"

김길우가 기다리고 있는 곳으로 걸어가면서 묻자 정필의 가슴에서 은애의 애조 섞인 목소리가 흘러나왔다.

"4일 후에 도문으로 돌아가려고 했는데 고마 길을 잃어버리고 말았습다."

정필은 어이가 없었다. 은애가 길을 잃었을 것이라는 생각은 한 번도 해보지 않았었다. 혼령이 길을 잃다니 동서고금에 없는 일이다.

"제가 아는 데라곤 무산밖에 없어서리 여기로 와서 오라바이를 기다리고 있었습다."

정필은 캄캄한 언덕을 바삐 걸어 올라갔다.

"그런데 말입다, 아무리 강을 건너려고 해도 건너지지 않는 거임다. 두만강으로 한 발자국만 내디디면 몸이 도로 휘이 날아서 제자리로 오는 거이 아니겠습까?"

은애는 또 훌쩍거렸다.

"그래서 예전처럼 에서 울고 있으면 오라바이가 저를 데리러 와줄 거이라 믿고서리 기다렸는데 오라바이가 닷새 만에 저를 데리러 온 검다."

정필은 크게 놀라고 또 어이가 없었다.

"그럼 은애 씨는 여기에서 5일 동안 있었던 겁니까?"

"사실은 닷새인지 엿새인지 잘 모르겠슴다."

정필은 은애가 이 황량한 두만강에서 5~6일 동안 울면서 자신을 기다렸을 것이라는 생각을 하자 가슴이 답답하고 그녀가 불쌍해서 견딜 수가 없었다.

볼보 밖에 나와서 기다리고 있던 김길우는 어둠 속에서 갑자기 불쑥 나타난 정필을 보고는 깜짝 놀랐다가 안도의 표정을 지었다.

"길우 씨, 트렁크 열어보세요."

트렁크 안에는 여러 가지 연장이 있는데 그중에 운 좋게도 괭이와 야전삽이 눈에 띄었다.

정필은 괭이를 쥐고 김길우에겐 야전삽을 주며 다시 강으로 내려갔다.

"따라오십시오."

영문도 모르고 뒤쫓아 온 김길우는 정필이 얼어붙은 두만강 위를 거침없이 걸어 들어가자 멈칫했다.

"터터우, 지… 지금 우리 북조선으로 가는 거임까?"

"아닙니다."

정필의 말에 다소 안심을 한 김길우는 마른침을 꿀꺽 삼키고 나서 엉거주춤한 자세로 정필의 뒤를 따랐다.

"으어어… 이… 이거이 죽은 시체 아임까?"

김길우는 얼음에 몸이 반쯤 박혀서 죽어 있는 여자의 시체를 보고는 입에 거품을 물 정도로 혼비백산해서 그 자리에 털썩 퍼질러 앉았다.

팍팍팍…….

정필은 괭이로 시신 가장자리의 얼음을 파면서 말했다.

"연길로 모셔 가서 장례를 치러드릴 겁니다."

그러고는 김길우를 재촉하지도 않고 묵묵히 시체 가장자리의 얼음을 깨고 파냈다.

퍽퍽퍽… 팍팍…….

"후우… 후우……."

무딘 괭이라서 얼음이 잘 깨지지 않아 거의 힘으로 내리찍다 보니까 잠깐 사이에 정필의 온몸이 땀으로 축축해졌다.

"오라바이는 참말로 착함다. 저는 오라바이처럼 훌륭한 사람 처음 봤슴다."

은애는 울음 섞인 목소리로 중얼거렸다.

"이 여자 저랑 비슷한 나이였슴다. 쓰러져서 일어나지 못하고 얼어서 죽어가는 거이 보면서리 저는……."

은애는 차마 말을 잇지 못했다. 그녀가 거기 북한 쪽 강변에 앉아서 이 여자가 도강을 하다가 쓰러져서 일어나지 못하고 서서히 얼어서 죽어가는 모습을 3일 동안이나 지켜보면서 얼마나 눈물을 흘리고 슬퍼했을지 정필은 상상하는 것만으로도 슬픔이 목구멍까지 차올랐다.

"오라바이, 동이 트고 있슴다."

정필은 은애의 말을 들었지만 동이 트는 것을 확인할 겨를이 없다. 그사이에 곡괭이질을 한 번이라도 더 해야 하기 때문이다.

김길우도 어느새 야전삽을 쥐고 달려들어 정필 반대쪽 얼음을 기를 쓰고 찍어대고 있다.

"헉헉… 시신 훼손되지 않게 조심하십시오."

정필이 당부했다.

"……!"

시신을 거의 다 파내가고 있을 때 정필은 무의식적으로 힐끗 강 건너를 보다가 뭔가를 발견했다.

그는 괭이질을 멈추고 강 건너 북한 쪽을 뚫어지게 주시하다가 움찔 몸이 굳었다.

이미 동이 훤하게 텄는데, 거기 북한 쪽 강가에 국경수비대 병사 한 명이 서서 이쪽을 쳐다보고 있었다.

"어… 어캄니까?"

김길우가 삽질을 멈추고 북한 병사를 쳐다보면서 버쩍 얼어

더듬거렸다.

"잠시 멈추세요."

정필은 병사에게서 시선을 떼지 않은 채 김길우에게 말했다. 상식적으로 국경수비대 병사는 무장을 하고 있을 것이며, 지금 그가 어깨에 메고 있는 자동소총에는 실탄이 장전되어 있을 것이다.

정필과 김길우가 중국 쪽 땅에 있으면 별문제겠지만 강의 얼음 위에 있기 때문에 북한 병사가 어떻게 해석하느냐에 따라서 운명이 바뀔 수도 있다.

대한민국 휴전선 DMZ에서도 북한군과의 총격전은 아주 드문 일이 아니었다.

"오라바이! 내 저 오라아비 아우다! 저 오라바이래 내 친구 선미 오라바이 양석철임다!"

그런데 은애가 갑자기 비명처럼 소리를 질렀다.

"저 오빠가 내 두만강을 건널 때 물에 떠내려가는 거이 구해줬습다! 나한테 자기 외투를 입혀줬는데……."

정필은 갑자기 북한 쪽 병사를 향해 외쳤다.

"양석철 씨!"

"으앗! 터… 터터우……!"

정필의 느닷없는 행동에 김길우는 놀라서 엉덩방아를 찧으며 주저앉았다.

그런데 북한 병사가 이쪽을 똑바로 주시하며 물었다.

"뉘기요?"

정필은 중국 땅에서 강으로 12m쯤 나온 상황이라서 양석철하고의 거리는 불과 20m 남짓이라 얼굴은 물론 표정까지 자세히 보였다.

"나는 은애 씨 친굽니다!"

"헛소리하지 마라우!"

정필이 느닷없이 자기가 은애 친구라니까 양석철이 돌발행동을 취했다. 갑자기 어깨의 소총을 벗기더니 정필을 향해 겨누었다.

정필은 반사적으로 저항할 의사가 없다는 것을 보여주기 위해서 두 팔을 들었다.

그의 눈에도 양석철이 겨누고 있는 소총이 소련제 AK-74를 개량한 AKM88보총이라는 게 자세하게 보였다.

"지금 연길에 은주하고 은애 씨 아버지 조석근 씨와 은철이가 있습니다!"

"……."

은애는 지금 정필의 입을 통해서 은주가 연길에 있다는 말을 듣고 크게 놀랐다. 하지만 그녀는 지금의 위급한 상황을 벗어나기 위해서 정필에게 부지런히 양석철에 대해서 알려주었다.

"당신 은애 씨 친구인 양선미 오빠 아닙니까?"

'양선미'라는 이름이 나오자 양석철은 겨누고 있던 소총을 내리고 얼음 위로 두 걸음 다가섰다.

"우리 선미를 봤소?"

"못 봤습니다! 그렇지만 내가 반드시 선미 씨하고 당신 어머니를 찾아내겠습니다!"

양석철은 소총을 내리고 묵묵히 정필을 응시하다가 불쑥 물었다.

"은애는 어찌 됐소?"

"은애 씨는……."

정필은 은애에 대해서 말하려니까 갑자기 목이 메었다.

"은애 씨는 죽었습니다."

"무시기? 은애가 죽어?"

정필은 비통하게 얼굴을 일그러뜨렸다.

"그날 양석철 씨가 강물에 떠내려가는 은애 씨를 구해서 강 건너 이쪽까지 데려다주지 않았습니까?"

정필이 직접 눈으로 본 것처럼 말하자 양석철은 크게 고개를 끄떡였다.

"내가 은애한테 내 외투를 입혀서 보냈소."

"당신이 그쪽으로 돌아간 후에 이쪽에서 기다리고 있던 브로커가 은애 씨를 목 졸라서 죽였습니다."

"뭐이… 그런……."

정필은 양석철이 대경실색 놀라서 비틀거리는 걸 보았다.

"그자가 은애 씨를 죽여서 여기 강에 버렸습니다."

"그거이 참말이오?"

"사실 그대로입니다."

"어후야……."

갑자기 양석철이 그 자리에 풀썩 주저앉았다.

"내가 그때 이쪽으로 건너와서리 한참 지켜봤었는데… 너무 어두워서 은애가 보이지 않았소……."

"은애 씨가 연길에 가지고 가서 팔 물건이 있었는데 브로커가 그걸 뺏으려고 은애 씨를 죽였던 겁니다."

양석철은 퍼질러 앉아서 흐덕흐덕 울었다.

"어우… 내가 은애를 죽였소……. 그때 은애가 브로커를 만나는 거이 알았더라면 좀 더 보호했어야 했는데… 내 잘못으로 은애를 죽인 거이오……. 이거이 어쩌면 좋소? 은애 갸가 불쌍해서 이거이 어찌하오?"

양석철이 꺼이꺼이 우는 걸 보면서 정필의 눈에도 눈물이 고여 들었다.

양석철이 벌떡 일어나며 들고 있는 소총을 흔들며 격분해서 외쳤다.

"그 새끼 이름이 뭐이오? 은애를 죽인 놈 말이오! 내 그 새끼를 절대로 용서하지 않갔소! 탈영을 해서라도 그 새끼를 꼭 쏴 숙이고야 말갔소!"

"그자 이름은 박종태요! 내가 바로 이 자리로 끌고 와서 똑같이 목을 졸라 죽여서 두만강에 버렸습니다."

은애는 그 당시 광경이 생각나서 정필 속에서 소리 죽여 흐느껴 울었다.

김길우는 정필이 박종태를 죽였다는 말에 큰 충격을 받았으나 대화중에 박종태가 은애라는 여자를 죽였다는 사실을 알고 정필이 왜 박종태를 죽여야만 했는지 이해했다. 그러나 놀라움은 사라지지 않았다.

양석철이 일어서서 눈물을 뚝뚝 흘리면서 외쳤다.

"잘했소! 정말 잘했소! 내가 당신에게 큰 빚을 졌소!"

"아닙니다."

양석철이 주먹으로 눈물을 닦고 물었다.

"당신 뉘기요?"

정필은 최소한 양석철에게만은 거짓말을 하고 싶지 않았다.

"남조선에서 온 최정필이라 합니다."

"남조선……."

양석철은 움찔 놀라는 것 같더니 고개를 절레절레 가로저으며 씹어뱉었다.

"나라가 굶어 죽는 사람을 제대로 건사하지도 못하는데 남조선 사람이 와서 이리 도와주니 정말 고맙소."

양석철은 죽은 여자를 가리켰다.

"그 여자는 사흘 전부터 거기에 있었소. 먹을 걸 구하러 도강하다가 죽은갑소. 우린 규정상 그 에미나이 시체 못 건드니끼니 최정필 선생이 잘 묻어주기요."

"고맙습니다."

"여긴 내가 초소장(哨所長)이니끼니 걱정 말고 그 여자 얼른 파 가기요."

양석철은 훌쩍훌쩍 울면서 돌아섰다.

"잠깐."

정필은 급히 말하고는 청바지 주머니에서 지갑을 꺼내 중국 인민폐 5,000위안과 100달러짜리 10장을 담뱃갑 속에 쑤셔 넣어서 양석철을 향해 힘껏 던졌다.

양석철은 담뱃갑을 집어 들고는 안에서 뭉칫돈을 꺼내 펼쳐 보더니 소스라치게 놀라서 물었다.

"이… 렇게 큰돈을 왜 나를 주는 것이오?"

"좋은 데 쓰십시오."

"내래 이거이 받아도 되는 기요? 이 정도면 무산에서 제일 좋은 집 2채는 살 수 있소."

"절반은 양 형 쓰고 절반은 굶는 사람들 먹을 거라도 구해서 나눠주십시오."

양석철은 돈을 들고 물끄러미 정필을 쳐다보더니 꾸벅 허리를 굽히고 나서 말했다.

"고맙소. 내래 최 형 말대로 하갔소."

정필이 '양 형'이라고 부르니까 양석철도 '최 형'이라고 화답을 한 것이다.

"그리고 염치가 없지만서두 최 형이 우리 선미를 안다니까 선미를 꼭 찾아주시오."

양석철은 말을 잠시 멈췄다가 다부진 얼굴로 다시 이었다.

"선미를 만나면 말이오, 북조선에는 다시 올 필요 없다고 전해주시오. 어딜 가서 살든 행복하면 된다고 말이오."

"알겠습니다."

"30분 동안 여기에 아무도 오지 못하게 할 테니끼니 그 여자 잘 파 가시오."

그 말을 남기고 양석철은 멀리 보이는 국경수비대 초소를 향해 걸어갔다.

제16장
할머니의 생존

날이 훤하게 밝아서 연길로 돌아가는 볼보 안에서 정필도 김길우도 입을 굳게 다물고 침묵을 지켰다.

정필은 자신이 박종태를 죽인 것에 대해서 아무 말도 하지 않았으며, 김길우 역시 그것에 대해서 묻지도, 비밀을 굳게 지킬 것이라는 둥 어설픈 약속 같은 것도 하지 않았다.

또한 트렁크에 실려 있는 동태처럼 언 여자의 시신에 대해서도 침묵을 지켰다.

"길우 씨."

"말씀하십시오."

영실네 아파트 근처 대로에 도착해서 정필은 그를 불러놓고 잠시 생각하다가 말했다.

"아파트 앞으로 갑시다."

정필과 김길우는 볼보를 아파트 주차장에 세우고 둘이 함께 영실네 아파트로 들어갔다.

정필은 이름 모르는 여자를 최대한 성의를 다해서 장례를 치러줄 생각이며, 장중환 목사가 주관해서 기독교식으로 장례를 치러주었으면 하는 바람이다.

그러나 그 전에 향숙 등 탈북녀 8명의 동의를 얻고 싶으며, 그러기 위해서는 그녀들에게 이 사실을 알려줘야 한다.

정필이 꼭두새벽에 잠시 다녀오겠다면서 바람처럼 나갔다가 정오가 다 된 시간에서야 아파트에 돌아온 모습을 보고 여자들은 모두 긴장과 걱정이 뒤섞인 표정으로 그의 주위로 모여들었다.

"정필 씨, 별일 없슴까?"

문을 열어준 향숙이 제일 먼저 걱정스러운 표정으로 물었다. 그녀는 무슨 일이 있었느냐는 것보다는 정필이 괜찮은가부터 물어보았다.

정필은 향숙의 걱정하는 표정이 너무 진지해서 괜히 가슴이 찡했다.

문득 그는 집에 있을 때 엄마나 여동생 선희가 지금 향숙 같은 표정을 지은 적이 있었는지 잠시 생각해 보았지만 곧 쓴 웃음을 지었다. 엄마나 선희는 그런 적이 없었다.

정필이 그런 걱정을 끼친 적이 없기 때문이겠지만, 향숙의 반응은 가족 이상의 그 무엇이었다.

"괜찮습니다, 누님."

"오라바이."

이 아파트의 여자들은 정필을 걱정하는 것에도 순서를 정 해놓은 모양이다.

정말 그렇지는 않겠지만 은주와 진희는 향숙이 정필에게 먼저 말하기를 기다렸다가 두 번째로 그에게 다가서며 걱정스 러운 표정을 지었다.

향숙은 어느새 탈북녀들의 내무반장이 되어 있었다. 그녀 덕분에 이곳은 나름대로 질서가 잡혔다.

은애는 처음에 아파트에 들어서자마자 방에서 나오고 있는 은주 모습을 발견하고는 기절할 것처럼 놀라서 외마디 비명을 질렀었다.

"은주야……."

정필은 은애가 가늘게 몸을 떨면서 기쁨을 만끽하는 것을 온몸으로 느끼면서 잠시 가만히 서 있었다. 은애에게 은주를 느낄 시간을 주려는 것이다.

"오라바이, 은주 한번 안아보기요."

그런데 은애가 뜻밖의 주문을 했다. 마침 은주와 진희가 정필의 양쪽에 다가왔으며 은주가 가만히 그의 손을 잡고 있었다.

그렇지만 정필은 다른 여자들이 다 보고 있는 곳에서 은주만 덜렁 안을 수가 없어서 두 팔로 은주와 진희의 어깨를 감싸고 안방으로 향했다.

"들어가서 얘기합시다."

"오라바이, 제 말 안 듣기요?"

은애가 종알거렸지만 정필은 모른 체했다.

정필은 안방에 달북녀들을 둥글게 앉혀놓고 자기와 김길우가 볼보 트렁크에 싣고 온 두만강에서 얼어서 죽은 여자의 시신에 대해서 조용한 목소리로 설명했다.

"어헉……!"

"흑!"

정필이 바위인 줄 알았던 것이 사실은 이미 죽어 있는 어떤 여자의 시체라는 말을 했을 때 탈북녀들은 거의 똑같이 낮은 비명을 터뜨리더니 곧 두 손으로 얼굴을 감싸고, 아니면 무릎에 얼굴을 묻고는 나직이 흐느끼기 시작했다.

그녀들에게 더 이상의 긴 설명은 필요하지 않았다. 그녀들은 그 여자가 어째서 도강을 하려고 했으며 어쩌다가 두만강 얼음 속에 시체가 되어 누워 있었는지 눈으로 본 것 이상으로 상세하게 짐작할 수 있기 때문이다.

8명의 여자는 어쩌면 거기에서 죽은 여자가 자기 중에 한 명이었을지도 모른다는 생각에, 그리고 같은 북한 사람이며 또한 같은 여자로서 북받쳐 오르는 슬픔을 견딜 수가 없었다.

"그녀를… 장례를 치러주려고 하는데 여러분 의견은 어떤지 듣고 싶습니다."

여자들의 흐느낌 속에 정필이 마지막 말을 끝내자 무릎에 얼굴을 묻고 울던 향숙이 고개를 들고 눈물이 범벅된 얼굴로 그를 바라보며 말했다.

"으흑흑… 정필 씨는 어쩌면 이리도 착하다는 말입까? 우리는 너무 고마워서리 뭐라고 드릴 말씀이 없습다……."

누가 시킨 것도 아닌데 8명의 여자가 모두 무릎을 꿇고 정필을 바라보면서 눈물을 흘렸다.

"우리는 말입다, 정필 씨하고 같이 있으면 부모 형제하고 같이 있는 것보다 더 안심이 된다 말입다. 우리한테 무슨 일이 생기면 정필 씨가 해결해 줄 거이 아임까? 그게 앙이더라도 우리가 만약 혹간 그 여자처럼 죽기라도 한다면… 정필 씨가 우릴 장사 지내줄 거이 아임까……? 그런 생각을 하면 마음이 놓인다는 말입다. 이런 무서운 세상천지에 우리한테… 아니… 북조선 사람들한테 이렇게 잘해주는 사람이 어드메 있습까…

으흑흑!"

향숙은 거의 몸부림을 치듯이 울부짖었다. 그렇게 해도 그녀는 정필에 대한 마음을 백분의 일도 표현하지 못했다.

정필은 그 여자의 장례에 대해서 이곳의 탈북녀들의 생각은 어떤지 의견을 물으려다가 난감한 상황에 처하고 말았다.

그때부터 여자들은 통곡에 가까운 오열을 하기 시작했다. 두만강에서 얼어 죽은 여자에 대한 애절한 동질적인 슬픔과 정필에 대한 가없는 고마움이 솟구쳐 올라 버무려져서 그녀들을 눈물의 강에 빠뜨려 버렸다.

정필은 그녀들이 울도록 놔두고 안방을 나왔다. 그녀들은 두려움과 비통함 속에서 너무 오래 숨죽여서 참았기 때문에 이렇게 한 번쯤 온몸의 물기를 모조리 짜낼 만큼 우는 것도 나쁘지 않을 것 같다고 생각했다.

김길우도 따라 나오면서 눈물을 뚝뚝 흘리는데 정필이 돌아보니까 팔뚝으로 얼른 눈물을 닦았다.

"어우… 터터우 정말……."

그는 감정이 복받쳐서 말을 잇지 못했다.

정필은 김길우 역시 착한 사람이라는 생각이 들었다.

그때 은주와 진희가 울면서 안방에서 나오는 걸 보고 정필은 은주의 팔을 잡고 골방으로 들어가 문을 닫았다.

"오라바이……."

은주는 아직도 눈물을 그치지 못하고 있다가 젖은 눈으로 그를 바라보았다.

정필은 마주 보는 자세로 말없이 그녀를 품에 안았다. 은애의 부탁을 들어주려는 것이다.

"은주야……."

정필과 똑같이 은주를 품에 안은 은애가 감격 어린 목소리로 중얼거렸다.

정필은 한 팔로는 은주를 안고 다른 손으로는 부드럽게 머리를 쓰다듬었다.

은주는 조금 전 안방에서의 일 때문에 격동하여 흐느껴 울다가 나온 탓에 아직 감정이 격해 있어서 두 팔로 정필의 허리를 꼭 끌어안고 몸을 밀착하며 그의 가슴을 눈물로 적셨다.

"오라바이, 은주를 어디에서 어케 구한 검까? 아… 아님다. 나중에 말해주기요."

은애는 정필의 몸을 빌어서 은주를 꼭 안고는 반갑고 기뻐서 어쩔 줄을 몰랐다.

넉 달 전에 엄마와 함께 중국으로 건너간 이후에 소식이 끊어져서 죽었는지 살았는지 애만 태우면서 만나지 못했던 은주를 다시 보게 되다니 은애는 지금 이것이 꿈인 것만 같았다.

"……?"

그런데 그때 은애는 뭔가 이상한 기분을 느꼈다. 그것은 오랜만에 느껴보는 것으로써 사타구니에 쇠막대기가 매달린 것 같은 묵직한 중량감이었다.

그뿐만이 아니라 은애가 정필의 시점이 돼서 이상한 흥분까지도 공유하게 되자 깜짝 놀랐다.

"오… 라바이, 이기 뭘까? 지금 무시기 숭한 생각을 하고 있습메?"

정필은 흠칫했다. 그러고 보니까 그의 손 하나가 은주의 엉덩이를 쓰다듬는 것인지 주무르는 것인지 여하튼 그러고 있으며 그의 남성이 단단해지고 있는 것을 느꼈다.

그가 움찔 놀라서 몸을 떼려고 하자 은주가 그를 올려다보면서 입술을 모아 내밀고 옴찔거렸다.

정필은 그것이 키스를 해달라는 제스처라는 것을 알면서도 은주를 슬쩍 밀어냈다.

은주는 곱게 눈으로 흘겼지만 정필은 못 본 체 방을 나와서 안방으로 갔다.

"정필 씨, 아침 식사는 어케 했시오?"

거실에서 기다리고 있던 향숙이 그를 따라오며 물었다.

정필은 앉아서 전화 수화기를 들며 대답했다.

"아직 안 먹었습니다. 길우 씨 것도 부탁합니다."

"조금만 기다리시라요. 날래 차리갔슴다."

정필은 먼저 강명도에게 전화를 걸어서 두만강에서 죽은 여자를 데려왔다는 것과 그녀의 장례를 치러줄 것에 대해서 설명을 하고 조언을 구했다.

"연길에서 제대로 장례식을 하려면 우선 사망진단서가 있어야 하고 두 번째로는 공안국의 승인이 있어야 하네."

강명도는 사망진단서는 자기가 떼어줄 것이고 그것만 있으면 공안국에서 장례 승인이 떨어지는 것은 어렵지 않다고 하면서 장중환 목사의 전화번호를 가르쳐 주었다.

그런데 이 전화번호는 새로 이사한 베드로의 집이 아니고 장중환 목사의 선교원 것이라고 했다.

아침 식사 후에 정필은 밥상머리에서 순임에게 지난번에 중국 공민증을 소개하겠다던 술집에 다닌다는 친구 현주의 전화번호를 알아냈다.

"왜 그럼까?"

밥상 너머에 앉은 순임이 궁금한 얼굴로 물었다.

정필은 향숙이 왼쪽에 앉으면서 그녀가 내미는 물컵을 받아 들며 대답했다.

"여러분의 중국 공민증을 구할 수 있을지 알아보려는 겁니다."

"아……."

"옴마야……!"

향숙을 비롯한 8명의 여자가 탄성을 터뜨렸다.

정필은 물을 마시고 나서 진지한 얼굴로 말했다.

"중국 공민증이 있으면 공항에서 곧장 비행기를 타고 대한민국에 들어갈 수 있을 겁니다."

다들 꿈을 꾸는 듯한 표정으로 좋아서 어쩔 줄 몰랐다.

"정필 씨, 그게 정말 가능하겠슴까?"

옆에 앉은 향숙이 기대 반 두려움 반의 표정으로 물었다.

"내 생각에는 가능할 거 같지만, 이제부터 자세히 알아봐야지요."

머리를 틀어 올려서 희고 가느다란 목에 한 줄기 귀밑 머리카락을 늘어뜨린 향숙은 말만 들어도 가슴이 두근거리는 표정이다.

정필은 화제를 바꾸었다.

"오늘은 명옥이가 오기로 한 날입니다."

그의 말에 모두 엄숙하고 긴장하는 표정을 지었다.

정필은 자기 스스로에게 하고 싶은 말을 모두에게 했다.

"오늘 밤에 명옥이가 도강한다면 내가 무슨 일이 있어도 데려오겠습니다."

4일 전 밤에 도문 아래에서 두만강을 건너갔던 명옥이 돌아오는 날이 바로 오늘 밤 10시다. 일단 약속은 그렇게 했지만 명옥이 올지 안 올지는 아직 미지수다.

정필은 김길우에게 부탁했다.

"길우 씨, 오늘 밤에 같이 갑시다."

"알겠습니다."

정필은 소변도 보고 은애와 단둘이 할 얘기가 있어서 화장실에 들어갔다.

"은애 씨, 엄마를 봤다는 사람이 여기에서 1,000㎞ 떨어진 흑하라는 곳에서 연락이 왔었습니다."

"네……."

은애는 엄마에 대한 얘기를 듣고 자못 긴장했으나 정필이 자신의 남성을 꺼내 손에 잡고 소변을 보는 바람에 화들짝 놀라서 목소리가 움츠러들었다.

은애는 오랜만에 손에 잡아보는 정필의 굵직한 물건의 감촉을 느끼면서 놀라고 긴장하여 마른침을 꼴깍 삼켰다. 그러면서 자신이 정말 정필에게 돌아왔다는 느낌이 새삼스럽게 들었다.

쏴아아—

게다가 오래 참았던 거센 오줌발이 변기를 깨뜨릴 것처럼 쏟아지면서 말로 표현하기 어려운 방뇨의 쾌감이 그녀의 정신을 잠시 마비시켰다.

여자의 오르가즘이라는 것은 천차만별이고 강력한 경우에
는 흐느껴 울기도 하며 기절할 정도라고 하는데 남자의 사정
이라는 것은 사실 방뇨와 크게 다를 게 없다는 것이 남자들
대부분의 생각이다.

지금처럼 오랫동안 소변을 참았다가 방뇨를 하면 그 쾌감
이 배가되는 것은 두말할 필요가 없다.

정필의 몸속에 들어가면 그가 느끼는 모든 것을 공유하는
은애는 방뇨의 강렬한 쾌감에 진저리가 쳐질 정도로 정신이
몽롱해졌다.

"은애 씨, 내 말 들어요?"

"아… 기분이 이상함다."

순진무구한데다 솔직하기까지 한 은애는 쾌감의 정점에서
나른하게 중얼거렸다.

정필은 자신이 소변을 보니까 은애가 이상한 기분을 느끼
는 것이라고 짐작했다.

정필도 은애도 가만히 있으면서 거센 소변 줄기만 폭포처럼
변기에 낙하했다.

정필은 소변을 다 보고 변기에 걸터앉아서 은주와 진희를
어떻게 찾아서 데리고 왔는지, 그리고 엄마에 대한 소식을 어

떻게 접했는지에 대해서 설명했다.

"오라바이, 정말 애잡쉈습다."

은애는 눈물을 흘리면서 고마워했다.

"오라바이에게 받은 은혜는 말로 다 못 함다. 내래 다음 세상에서는 오라바이 종으로 태어날 거우다."

정필은 빙그레 웃었다.

"은애 씨, 다음 세상이라는 것이 정말 있다면 우리 부부로 다시 만납시다."

"……."

은애는 침묵을 지켰다.

단순한 정필은 은애의 침묵을 거절로 생각했다.

"은애 씨는 나하고 부부되는 게 싫습니까?"

은애가 울먹이면서 간신히 말했다.

"저 같은 혼령한테도 소원이라는 거이 있다믄 정필 오라바이하고 부부가 되어 백년해로하는 거이 아니겠슴까? 앞으로 어떤 여자가 정필 오라바이 부인이 될지 모르지만 제가 그 여자를 얼마나 부러워할지 생각해 봤슴까?"

정필은 괜한 말을 꺼내서 은애를 우울하게 만든 것 같아 미안한 마음이 들었다.

"정필 오빠, 담배 끊었슴까?"

은애가 뜬금없이 묻는데 이번에는 '오빠'라고 불렀다.

"안 끊었습니다."

"그런데 왜 한 개도 안 피움까? 담배 한 대 피우자요."

정필이 화장실에서 나와 베란다로 나가면서 담배를 한 대 꺼내 입에 물자 김길우도 담배를 꺼내면서 따라 나오는 걸 보고 나오지 말라고 손짓을 해 보였다.

김길우가 머쓱해서 담배를 다시 집어넣고 돌아서는데 향숙과 은주, 진희, 순임 등이 정필이 혼자서 베란다에 나가 무얼 하는지 궁금해서 기웃거렸다.

정필이 베란다 창문을 열고 그 앞에 서서 담배를 피우는데도 어쩐 일인지 은애는 기침을 하지 않았다.

"괜찮습니까?"

"내래 괜찮습다."

잠시 후에 은애가 한마디 더 했다.

"이제 보이 담배라는 거이 답답한 마음을 달래주는 데 그만임다. 그래서 남자들이 담배를 피우나 봄다."

정필은 은애가 점점 흡연가가 돼가고 있다는 생각이 들었다.

그가 마지막 한 모금을 빨고 담배를 끄자 은애가 조용한 목소리로 말했다.

"내래 오라바이 할머니 찾아냈습다."

정필은 볼보 트렁크의 시신을 강명도에게 넘겼다.

강명도의 말에 의하면 자신이 시신의 사망진단서를 내고 연길공안국에 신고를 하면 시립 병원에서 시신을 인수해 갈 것이라고 했다.

연길시립병원에서는 연고가 없는 시신들을 장례 절차도 없이 자체적으로 화장만 하는 것으로 끝내지만 누군가 장례를 치르겠다고 나서면 시신을 인도해 준다고 한다.

그래서 강명도가 다시 시신을 인수하고 장중환 목사가 기독교식으로 장례를 치르는 것으로 계획을 세웠다.

정필은 연길전화국에 들러 서울 반포의 집과 장거리 통화를 했다.

전화를 받은 사람은 할아버지 최문용이다. 정필은 영실네 아파트 베란다에서 은애에게 들었던 얘기를 머릿속에서 간추린 후에 최문용에게 첫 말문을 열었다.

"할아버지, 놀라지 마세요."

―무슨 얘기냐?

정필은 할아버지가 충격을 받을 것을 염려하면서 조심스럽게 말했다.

"할머니께서 생존해 계세요."

―……

최문용이 꽤 오랫동안 아무런 말을 하지 않아서 정필은 혹시 전화가 끊겼을지도 모른다는 생각이 들었다. 만약 그게 아니라면 할아버지가 방금 그 말을 듣고 어떤 반응을 보이고 있을지 눈에 선하게 그려졌다.

"할아버지, 듣고 계세요?"

—오… 오냐.

"괜찮으세요?"

정필은 할아버지가 걱정됐다. 칠순 노인이 충격 때문에 잘못될 수도 있기 때문이다.

—정필아, 너 방금 뭐라고 말했느냐?

최문용의 음성이 긴장으로 팽팽했다.

"할머니께서 생존해 계신다고 말씀드렸어요."

—…….

최문용은 또 말이 없다. 아니, 너무 놀라서 말을 잃었을 것이다. 그렇지만 이번 침묵은 길지 않았다.

—정필아, 좀 더 상세하게 말해봐라.

"할아버지, 회령시 오산덕이라는 곳 아세요?"

—아… 알다마다… 거긴 회령시 동쪽에 있는 굉장히 아름다운 언덕이란다.

"바로 거기에 할머니께서 작은아버지하고 살고 계신대요."

—저… 정필아, 그게 참말이냐?

"제가 사람을 시켜서 알아봤는데 그 사람이 직접 할머니께서 사시는 집에 가서 할머니와 작은아버지, 그리고 사촌들을 눈으로 봤다고 해요."

—어흐흐…….

최문용이 갑자기 울음을 터뜨렸다.

정필은 최문용이 울음을 그칠 때까지 아무 말도 하지 않고 묵묵히 기다렸다.

그는 최문용이 얼마나 아내를 그리워하면서 살아왔는지 너무도 잘 알고 있다.

최문용은 두고 온 아내와 자식들에 대한 그리움을 부끄러워서 감추려고 들지 않고 아무 때 아무 곳에서나 표출했기 때문에, 정필이 지니고 있는 할아버지에 대한 기억의 거의 대부분이 망향(望鄕)과 사부(思婦)가 차지하고 있다.

그러므로 최문용이 지금 받았을 충격을 십분 이해하고 또 공감하고도 남음이 있다.

—정필아… 어흑…….

최문용은 한참 만에 말문을 열었으나 말을 잇지 못할 정도로 격동했다.

지금은 최문용의 말을 듣기보다는 정필 자신의 말을 전해야 할 때다.

"할아버지, 조만간 할머니께 사람을 보낼 계획인데 할아버지를 증명할 수 있는 물건을 저에게 보내주세요."

―으응……? 아… 알았다.

"이쪽 주소 불러 드릴게요."

정필은 영실네 아파트 주소를 불러주고 나서 물었다.

"만약 할머니나 작은 아버지를 연길로 모셔 온다면 할아버지께서 이리 오실 수 있으시겠어요?"

―물론이지! 내래 헤엄이라도 쳐서 가갔서!

최문용의 목소리에 힘이 넘쳤다.

정필은 최문용 다음에 여동생 선희와 꽤 오랜 시간 동안 통화를 했나.

정필의 설명을 듣고 난 선희는 그러지 말고 자신에게 월급을 주고 직원으로 채용하라고 했다.

정필이 그러자고 했더니 선희는 또 한 걸음 앞서 나가서 자기에게 '서울 본부장'의 지위를 달라는 것이다.

정필은 자신이 하고자 하는 사업의 개요 정도만 얘기했더니 학창 시절 내내 거의 천재 소리를 들었던 선희는 전화를 끊기도 전에 이미 새로운 사업의 전반적인 구상을 마쳤다.

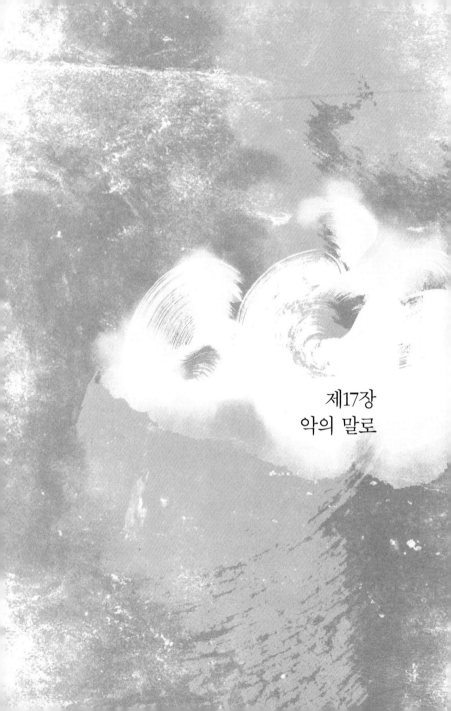

제17장
악의 말로

연길전화국에서 나온 정필은 김길우와 함께 흥남국밥집 근처의 다방으로 들어갔다.

"길우 씨, 이제부터 내가 하는 얘기 잘 듣고 결정 내리도록 하십시오."

2층 다방의 창가에 정필과 마주 앉은 김길우는 그의 진지한 표정에 압도되었다.

"말씀하십시오."

"박종태하고 권승갑, 내가 죽였습니다."

김길우는 오늘 새벽 두만강에서 이미 들었던 얘기지만 정필의 입에서 직접 듣고는 자못 긴장했다.

정필은 자신이 백산호텔에 묵고 있는데 박종태에게서 연락이 왔으며, 그래서 그들을 만났다가 그들의 차를 타고 이동하는 중에 박종태를 때려서 기절시키고, 권승갑이 도망치다가 트럭에 치여서 즉사한 일, 이후 박종태를 두만강에 데리고 가서 목 졸라 죽여 강에 버린 일들을 간추려서 설명해 주었다.

10분여에 걸쳐서 설명을 하는 동안 정필은 내용에 살을 붙이지도 빼지도 않았으며 표정의 변화 없이 줄곧 담담함을 유지했다.

김길우는 진지한 표정으로 끝까지 듣고 나서 고개를 끄떡이며 입을 열었다.

"이건 내래 터터우를 편들려고 하는 얘기가 아니라 그때 만약 터터우가 그러지 않았으면 박종태하고 권승갑이가 터터우를 죽이고 돈을 뺏었을 겁다."

정필은 맞장구를 치지 않고 묵묵히 커피를 마셨다.

"제가 듣기로도 말임다, 박종태는 죄 없는 사람 여럿 죽였슴다. 그 자식 살인자라는 말임다. 그런 놈은 진작 죽었어야 함다."

김길우는 긴장했는지 아니면 흥분을 했는지 커피에는 손도 대지 않았다.

"게다가 말임다, 터터우께서 먼저 손을 쓰지 않았으면 외려 그놈에게 당할 뻔하지 않았슴까? 그놈보다 한발 먼저 죽인 검다. 기니끼니 그건 터터우 잘못이 아님다, 네."

"길우 씨."

"네."

정필이 조용히 부르자 김길우는 흥분을 가라앉히려고 애쓰는 모습이 역력했다.

"하나만 물어봅시다."

"뭡… 니까?"

김길우는 정필의 표정이 진지한 것을 보고 자못 긴장했다.

"탈북자들을 어떻게 생각합니까?"

김길우는 어? 하는 표정을 지었다가 금세 대답하지 않고 담배를 한 대 빼서 정필에게 내밀었다. 정필이 담배를 입에 물자 김길우도 한 개비 뽑아서 입에 물고 정필과 자신의 담배에 불을 붙였다.

"후우……."

김길우는 담배 연기를 길게 뿜고 나서 정필을 바라보았다.

"터터우께선 제 마누라 보셨지요?"

"네."

"제 마누라 사실 북조선 사람임다."

정필은 움찔 놀랐다. 설마 김길우의 아내가 북한 사람일 줄은 상상 밖이다.

"그럼……."

"탈북자임다."

"결혼식하지 않았습니까?"

"했슴다."

김길우가 이런 얘기를 하는 것은 고해성사와도 같은 것이다.

"재작년에 가짜 중국 공민증을 만들어서리 혼인신고를 했슴다. 아이도 출생신고했슴다. 길티만 발각되면 마누라하고 아이는 그날로 끝장임다."

이런 얘기는 정필이 자기가 박종태를 죽였다고 고백한 것이나 다름이 없다.

김길우는 불안하면서도 희미하게 웃어 보였다.

"이 정도면 제가 탈북자를 어떻게 생각하고 있는지 대답이 되갔슴까?"

"충분합니다."

정필은 두 손을 깍지 껴서 테이블에 얹었다.

"길우 씨 나하고 끝까지 같이 갈 수 있습니까?"

이렇게 물으면 보통 '끝까지'가 무엇을 의미하느냐고 되묻지만 김길우는 그러지 않았다.

"터터우께서 끝까지 이끌어주십시오."

"그러겠습니다."

김길우는 정필이 무엇을 하려는 것인지 잘 모르지만 한 가지만은 분명하게 알고 있다. 정필에게 남은 인생을 맡겨도 괜찮을 것이라는 사실이다.

"길우 씨가 여기 연길에 중고차 매매 회사를 설립하세요."

느닷없는 말에 김길우의 눈이 동그랗게 커졌다.

"중고차 매매 회… 사 말임까?"

"회사를 차리는 데 필요한 자세한 것들을 알아보고 길우 씨 이름으로 설립하십시오."

김길우는 너무 놀라서 자리에서 벌떡 일어났다가 앉았다.

"제… 이름으로 말임까?"

"그렇습니다."

김길우는 귀신한테 홀린 얼굴이다.

"중고 외제차를 판매하는 회사임까?"

"그렇습니다. 한국에는 여동생에게 말을 해놨으니까 조만간 차가 들어올 겁니다."

"하아… 이거……."

김길우는 너무 놀라서 말을 잇지 못했다.

"필요하면 믿을 만한 사람을 고용하도록 하십시오."

"아… 네."

"그리고 사무실을 얻어야겠습니다."

"자, 잠깐만요."

정필이 너무 빠르게 일사천리로 나가자 김길우가 급히 제동을 걸었다.

"터터우 한국에 안 가실 검까?"

"가긴 가겠지만, 갔다가 다시 올 겁니다."

정필이 딱 잘라서 말하자 김길우는 짐작 가는 것이 있다는 듯 조심스러운 표정을 지으며 물었다.

"혹시 탈북자들 때문임까?"

"그렇습니다."

정필의 얼굴에는 강인함과 단호함이 떠올랐다.

"난 여기에서 탈북자들을 도울 겁니다. 그게 내가 해야 할 일이라는 걸 깨달았습니다. 그러려면 기반이 필요하기 때문에 중고차 매매를 하려는 것입니다."

김길우는 자신의 별 볼 일 없었던 인생이 커다란 전환기를 맞이하고 있다는 느낌을 받았다. 그는 이마를 테이블에 쿵! 소리가 나게 숙였다.

"저는 아무것도 모르니끼니 무조건 터터우 명령에만 복종하갔습다."

그 바람에 커피 잔이 엎어졌지만 두 사람 다 신경 쓰지 않았다.

연길시 한복판을 서쪽에서 동쪽으로 흐르는 부르하통강을

경계로 강북과 강남으로 나뉜다.

정필과 김길우가 탄 볼보가 강북 강변도로를 따라서 상류로 달리고 있다.

중국 공민증을 구하기 위해서 가는 길이다. 원래는 순임의 친구라는 현주를 만나서 공민증을 파는 사람을 소개받을 예정이었지만 김길우가 예전부터 알고 있는 사람을 만나기로 했다.

볼보는 강변도로에서 우회전하여 언덕길을 오르기 시작했다.

"예전에 마누라 공민증을 살 때 가격이 600위안이었습니다. 그게 2년 전이었으니까 그동안 올라봐야 7~800위안 정도 하지 않겠습니까?"

차분해진 김길우는 함북 사투리를 거의 쓰지 않았다.

"문제는 가격이 아니라 얼마나 제대로 된 공민증이냐는 것입니다."

"그렇긴 하지요."

김길우는 자신 있는 표정을 지었다.

"그렇지만 감쪽같습니다. 예전에 우리 마누라는 시내에서 불심검문에 2번 걸렸었는데 공안도 알아보지 못하더라 이 말임다."

"그 정도입니까?"

"공안들은 공민증이 진짜냐 가짜냐를 어떻게 구분하는지 아십니까?"

"어떻게 합니까?"

"공민증에 적혀 있는 주민번호를 무전기로 공안국에 조회를 한다 이말임다."

정필의 생각으로는 그렇게 하면 가짜 공민증은 백발백중 골라낼 수 있을 것 같았다.

"우리 마누라도 그렇게 조회를 했는데 공안이 공민증을 돌려주더니 가라고 했습니다. 무사통과지요."

정필로서는 금세 이해가 되지 않았다. 공안이 눈으로 보고 공민증의 진위 여부를 식별하는 것이 아니고 공안국에 조회를 한다는데 어떻게 무사할 수 있다는 말인가.

김길우가 빙그레 웃었다.

"공민증의 주민번호가 진짜이기 때문입니다."

"진짜라고요?"

"중국은 아직 후진국이라서 여러 가지 이유 때문에 사망률이 매우 높습니다. 그런데 중국 사람들은 가족이 죽으면 사망신고를 잘 하지 않는다는 말입니다."

정필은 주변의 지형을 살피면서 들었다.

"그러면 죽은 사람의 공민증이 남는데 그걸 내다 파는 겁니다. 그게 돈이 쏠쏠하다는 걸 알고는 이제는 가족이 죽어도 아예 일부러 사망신고를 않이 합니다."

"그렇군요."

"공민증 파는 사람들이 시골구석까지 뒤져서 공민증을 사오니까 남녀노소 골고루 다 있습니다. 거기에다가 사진만 살짝 바꿔서 붙이고 전문가가 손을 조금 쓰면 끝입니다."

그렇다면 공안이 제아무리 주민번호로 조회를 해도 발각될 일이 없을 것이다.

또한 전문 기술자들이 사진을 바꿔치기하는 것일 테니까 여간해서는 식별하기 어려울 것이다.

김길우가 정필을 데리고 간 집은 강변도로에서 언덕을 따라 약 1.5㎞ 올라간 곳에 위치한 변두리 마을의 평범한 가정집이었다.

50대 중반에 수염이 덥수룩한 공민증 전문가는 정필과 김길우를 날카롭게 살피고는 삐걱거리는 나무 의자에 앉으라 하고 대뜸 중국말로 말했다.

"원래 이렇게 직접 찾아오는 사람하고는 말도 하지 않는데 제가 예전에 이 사람한테 공민증을 산 적이 있어서 믿는다고 하는군요."

김길우가 전문가의 말을 통역해 주었다.

"몇 개 필요하냐고 묻습니다."

"몇 개나 있느냐고 물어보세요."

김길우가 묻자 전문가는 손을 저으며 뭐라고 떠들었다.

"몇 개를 원하든 다 대줄 수 있답니다."

"우선 13개가 필요합니다."

영실네 아파트에 있는 8명과 베드로의 집에 있는 조석근과 은철이, 그리고 오늘 밤에 도강해서 오는 명옥이와 엄마, 남동 생까지 13명이다.

의외로 많은 개수에 전문가는 조금 놀라는 것 같았으나 곧 고개를 끄떡였다.

"하오!"

그러면서 공민증이 필요한 사람의 성별과 나이, 사진이 필 요하고 선불로 6,500위안을 내놓으라고 했다.

김길우가 공민증 하나에 얼마냐고 물으니까 개당 1,200위 안이라는 것이다.

"타이꾸이(너무 비싸오)."

김길우가 말도 안 된다는 듯 손을 저으니까 전문가는 예전 공민증보다 훨씬 정교하게 만드느라 전문 기술이 많이 들어 간다며, 이 공민증은 절대로 걸리지 않는다고 호언장담을 했 다.

"그렇게 합시다."

정필이 고개를 끄떡이자 김길우가 전문가에게 손가락 하나를 세워 보였다.

"하나에 1,000위안. 하려면 하고 아니면 그만두겠소."

"비에지아(안 돼)."

"터터우, 일어납시다."

정필은 중국말은 알아듣지 못하지만 김길우가 좀 깎으려는 것이라 짐작하고 그의 말에 따랐다.

두 사람이 미련 없다는 듯 입구로 걸어가자 뒤에서 전문가의 끙! 하는 신음 소리에 이어서 말이 들렸다.

"하오. 지아오이(좋아. 합시다)."

공민증 하나당 1,200위안이면 한화로 144,000원이라 비싼 건 아니지만 한 푼이라도 깎으려는 김길우의 노력이 가상했으며 결국 1,000위안으로 깎았다. 모두 13개면 2,600위안을 절약한 셈이다.

"떼놈들은 세게 나가야 한다."

김길우가 약간 으스대면서 말하자 전문가가 눈을 세모꼴로 하고 쏘아보았다.

"너… 지금 욕했지?"

뜻밖에도 전문가의 입에서 나온 소리는 서툰 한국말, 아니, 조선족말이었다.

정필과 김길우는 사업자등록을 하기 위해서 연길세무서로

향했다.

그렇지만 조언을 구하기 위해 들른 회계 사무실 사람에게서 사업자 등록을 하기 전에 사업장부터 구해야 한다는 말을 듣고 발길을 돌렸다.

"길우 씨, 내 말대로 하십시오."

볼보를 영실이 입원해 있는 중의병원 주차장에 대놓고 정필은 진지하게 입을 열었다.

"뭐… 말입까?"

밑도 끝도 없이 '내 말대로 하자'고 하니까 김길우는 긴장해서 사투리가 저절로 나왔다.

"시내에 전시장과 살림을 할 수 있는 사무실을 빌립시다."

"터터우 살림하실 겁까?"

"그럴 겁니다."

"어느 정도면 되겠슴까?"

"새로 얻은 베드로의 집 봤죠?"

"네, 봤슴다."

"살림집은 그 정도 크기면 됩니다."

"알겠습니다."

김길우는 걱정스러운 표정을 지었다.

"길티만 그 정도면 꽤 비쌀 텐데……."

그는 매우 조심하면서 물었다.

"그런데… 터터우 혹시 사업 자금은 충분함가?"

"얼마나 있어야 충분한 겁니까?"

"저야… 잘 모릅다만… 그래도 웬만큼은 있어야 사무실도 얻고 차도 사서 들여오고……."

"아버지께서 사업 자금을 조금 주셨습니다."

"아……."

사실 정필이 연길에서 사업을 한다니까 아버지가 아무 조건 없이 1억 원을 내놓았다. 그만한 경제적 능력이 되고 정필을 믿기 때문이다.

정필은 사업에 대해서는 거의 백지나 다름이 없지만 한국에서 여동생 선희가 도와주고 연길에서는 김길우가 뛰면 실패하지 않을 거라는 확신 같은 게 있었다.

영실은 정필을 보더니 죽었던 남편이 살아서 돌아온 것처럼 반가워했다.

"정필 씨, 나 퇴원해도 된대!"

영실은 정필의 손을 잡고 소풍가는 아이처럼 환호했다.

"의사가 집에 가서 잘 쉬면 된다고 했슴둥! 어서 집에 가기요! 아하하하!"

영실은 온몸을 흔들면서 웃다가 얼굴을 찡그렸다.

"아야……."

정필은 영실의 이마를 짚으며 미소 지었다.

"누워계세요."

"나 퇴원해도 되지? 응?"

"내가 의사를 만나보겠습니다."

"만나보나 마나임메."

그날 영실은 지긋지긋한 병원 생활을 끝내고 그리운 집으로 돌아왔다.

아파트에 있던 여자들은 정필이 영실을 안고 들어오자 기쁜 얼굴로 우르르 주위로 모여들었다.

이어서 정필이 안방으로 들어가서 문을 닫는 순간 와악! 하고 환성을 터뜨리며 영실에게 달려들었다.

"꺄악! 영실 언니!"

"옴마! 언니야! 이거이 얼마 만임까?"

정필이 영실을 안고 급히 여자들을 피했다.

"영실 누님 아직 다 나은 게 아니니까 조심하세요."

그래도 여자들은 너무 반가운 나머지 물러설 줄 모르고 손을 뻗어 영실을 만지려고 들었다.

정필이 이불에 영실을 내려놓자 향숙이 은주와 진희를 향숙에게 소개했다.

"이 집의 주인이신 영실 언니다이. 날래 인사드려라."

"주인은 무슨……."

영실이 손을 젓자 향숙은 정색을 했다.

"그래도 영실 언니가 주인이고 우리는 객이죠."

"향숙 씨, 낯 뜨겁게 그러지 마요."

"그래도 공과 사는 분명하게……."

"야! 김향숙! 너 말 안 들을래?"

영실이 얼굴이 빨개져서 바락 소리를 지르자 향숙을 비롯한 여자들 모두 까르르 웃음을 터뜨렸다.

정필이 방을 나가면서 말했다.

"향숙 누님, 영실 누님 좀 씻기세요."

"나 안 씻어도 돼. 매일 씻었어."

"어딜 씻었는데요?"

"세수."

"그러니까 몸에서 된장 냄새가 나죠."

"되… 된장……."

여자들이 또 와아! 하고 웃었다. 영실이 돌아오자 비로소 집에 웃음꽃이 피었다.

정필은 베란다에서 담배 한 대를 피우고 나서 자신의 골방으로 들어가 벌렁 누웠다.

"정필 오빠, 나 좀 꺼내주시라요."

은애가 그렇게 말하지 않았으면 정필은 은애가 자신의 몸 속에 있는 줄도 몰랐을 것이다. 그 정도로 은애는 오늘 하루 종일 한마디도 하지 않고 있었다.

정필이 엎드려서 급히 푸시업을 3번 하니까 은애가 바닥에 엎드린 자세로 툭 떨어졌다.

"아아… 답답했습다… 옴마?"

은애는 돌아눕다가 정필이 푸시업을 하던 자세 그대로 자신의 몸 위에 가만히 엎드리자 깜짝 놀랐다.

정필은 은애를 거의 두 배 가까운 체중으로 누르면서 두 손으로 뺨을 감싸고 그윽하게 응시했다.

"보고 싶었습니다."

은애는 깜짝 놀라서 얼굴이 빨개지며 크게 당황했다.

"은애 씨는 내가 보고 싶지 않았습니까?"

은애는 부끄러운 듯 눈을 내리깔았다.

"다 알면서리……."

"모릅니다. 은애 씨 입으로 말해보십시오."

"저는……."

은애는 너무 부끄러워서 죽을 것만 같아 눈을 감은 채 고개를 돌렸다.

"오… 라바이 보고 싶어서리 죽는 줄 알… 았습다."

휙!

"아⋯⋯."

정필은 은애를 붙잡은 채 똑바로 누워서 그녀를 자신의 몸 위에 올려놓았다.

은애는 깜짝 놀라서 눈을 동그랗게 떴지만 얼굴을 발갛게 붉힌 채 정필을 마주 바라보지 못했다.

정필은 고개를 돌리려고 하는 은애의 뺨을 붙잡고 가만히 입술을 붙였다.

은애의 몸이 빳빳하게 경직되는 것을 느끼며 그는 부드럽게 혀를 빨았다.

"음⋯ 으음⋯⋯."

은애는 작게 몸부림을 치면서 저항했지만 정필에게서 벗어나려는 저항은 아닌 듯했다.

딸깍!

"오라바이, 김길우 씨 전화왔슴다."

그때 문이 벌컥 열리면서 진희가 들여다보며 말했다.

"오⋯ 라바이 뭐함까?"

그녀는 눈을 꼭 감은 정필이 입을 벌리고 뭔가를 빨아먹는 시늉을 하고 두 손으로는 뭔가를 끌어안 듯 허공을 더듬는 것을 보고는 의아한 표정을 지었다.

"어⋯⋯."

이상한 짓을 하다가 들켜 버린 정필이 할 수 있는 말이 뭐가 있겠는가.

정필은 엉거주춤 일어나 앉았다.

진희는 그냥 꾸벅 고개를 숙이고는 문을 콩 닫았다.

은애는 정필의 몸에서 내려와 그를 흘겨보았다.

"내 그럴 줄 알았다이까……."

그러면서도 흥분이 가시지 않아서 숨을 쌕쌕거렸다.

정필이 전화를 받으러 안방으로 가는데 영실을 씻기고 있는 욕실 안이 와자지껄했다.

다른 여자들은 거실에서 TV를 작은 소리로 틀어놓고 보고 있는데 그 속에 진희도 앉아 있다가 정필을 보더니 희미한 미소를 지었다.

진희가 조금 전 정필의 이상한 행동을 보고 어떻게 생각하기에 미소를 짓는지 모를 일이다.

정필은 안방으로 들어가서 내려놓은 수화기를 집어 들었다.

"납니다."

―좋은 장소에 사무실이 나왔는데 제가 봐서 뭐 알겠습니까? 터터우께서 직접 보십시오.

"어딘지 가르쳐 주면 택시타고 가겠습니다."

─터터우 모시러 제가 아파트 앞에 와 있습니다.

"알겠습니다."

정필은 옷을 다 입고 있는 상태였기 때문에 그대로 아파트를 나갔다.

은애는 골방에 혼자 앉아서 전화를 받으러 간 정필이 돌아오기를 기다리고 있었다.

정필은 꽤 오랫동안 은애 없이 혼자 다니던 것이 습관이 되어 이런 실수를 저질렀다. 앞으로 어딜 가든지 은애를 챙기려면 아마도 며칠 걸려야 할 터이다.

"그런데 터터우."

봐두었다는 사무실로 가면서 김길우가 말했다.

"위엔씬이 터터우더러 자기 보러 한번 꼭 장춘에 오라고 하지 않았습니까?"

"지금은 할 일이 많습니다."

정필이 딱 잘라서 말하자 김길우는 억눌린 표정을 지으며 그를 힐끗 쳐다보았다.

위엔씬이 누군가. 대한민국보다 영토가 넓은 길림성 전체를 지배하는 제1인자 당서기다.

그가 자신을 한번 꼭 찾아오라고 당부했던 말을 정필은 별로 마음에 두고 있지 않은 것 같아서 김길우는 놀랍다 못해서 어이가 없었다.

"가지 않을 거임까?"

"그러면 안 됩니까?"

"아… 안 될 건 없지만……."

김길우는 두 손으로 운전대를 똑바로 잡고 전방을 주시하면서 뭔가 각오한 듯한 표정을 지었다.

"처음부터 위엔씬을 몰랐으면 모르지만 알고 나서 그를 모른 체하는 것은 매우 위험함다."

정필은 김길우가 그런 말을 할 줄 몰랐다는 듯 힐끗 그를 쳐다보았다.

"위엔씬이 터티우 를 오라고 한 것은 부탁이 아님다. 그건 명령임다."

"……."

"터터우께서 앞으로 중국 땅에서 지내며 사업을 하시고 탈북자들을 도우려면 위엔씬을 무시해선 안 됨다."

김길우는 이런 식으로 정필에게 충고를 했던 적이 없었지만 정필이 들어보니까 김길우의 말이 옳다.

위엔씬 같은 사람과 친분을 쌓는다면 큰 도움이 될 것이고 반대로 그를 무시하면 그 대가를 치르게 될 것이다.

젊고 혈기왕성한 정필은 경험이 부족해서 그런 복잡한 이치를 제대로 모른다. 김길우의 충고가 아니었으면 큰 실수를 저지를 뻔했다.

김길우는 어쩌면 꾸중을 들을지도 모르면서도 조마조마한 심정으로 그런 쓴소리를 한 것이다.

자기 딴에는 만약 정필이 쓴소리를 받아들이지 않는다면 김길우는 윗사람을 업신여긴 꼴이 되고 마니까 큰 용기가 필요했을 것이다.

"알겠습니다. 시간을 내서 위엔씬을 만나보겠습니다."

"그… 글티요?"

김길우는 살아난 것처럼 반색했다.

"길우 씨, 앞으로도 이런 충고 자주 부탁합니다."

정필의 진지한 말에 김길우는 펄쩍 뛰었다.

"아이고! 일없슴다! 제가 어찌 터터우게 충고를 하겠슴까? 간 떨려서 죽는 줄 알았슴다!"

이 한 번의 일로 김길우는 정필이 나이보다 훨씬 어른스럽고 생각이 깊다는 사실을 알게 되었다.

특히 상대의 쓴소리를 받아들일 줄 아는 것은 아무나 할 수 있는 게 아니다.

김길우가 정필을 안내한 곳은 연길의 번화가 중 하나인 시외버스터미널 맞은편의 5층 건물인데 정필이 보기에 위치상으로나 건물의 규모 등 여러모로 괜찮은 것 같았다.

1층이 80평 정도 크기로 점포 용도이고 2층은 70평으로 원래 살림을 하던 곳이다.

"좋군요. 얼마랍니까?"

"그런데 비쌉니다. 1, 2층 합해서 월세 5,000위안입니다."

"계약합시다."

김길우는 염려스러운 표정을 지었다.

"터터우, 일 년치가 자그마치 6만 위안이고 그걸 한꺼번에 내야 하는데 괜찮겠슴까?"

"괜찮습니다."

정필이 괜찮다고 하는데도 김길우는 걱정이 늘어졌다.

"길티만 처음부터 돈이 너무 많이 드는 것 같습니다. 사무실을 조금 헐한 데를 구하는 거이 어떻갔슴까?"

정필은 오히려 김길우의 어깨를 두드리며 위로했다.

"외제 중고차 한 대 가격이 몇만 위안씩 할 텐데 벌써부터 기가 죽으면 그때는 어떻게 합니까?"

김길우는 위로를 받기는커녕 오히려 기가 더 죽었다.

"그렇군요. 이거 돈이 엄청 드는구먼요?"

"그러니까 장사를 잘해서 돈을 벌어야지요."

정필은 김길우와 함께 은행에 가서 돈을 찾아다가 건물주를 만나서 사무실을 계약했다.

"1층은 중고차를 전시하는 매장을 하고 2층은 사무실 겸 살림을 하면 될 겁니다."

계약까지 일사천리로 치르고 나서도 김길우는 걱정하는 표정을 풀지 않았다.

"1층 매장은 괜찮은데 2층 살림집이 너무 크지 않슴까?"

2층에는 거리 쪽으로 넓은 거실이 있고 커다란 주방과 2개의 욕실, 5개의 커다란 방이 있어서 이 정도면 연길시 상류층의 집이라고 김길우가 몇 번이나 감탄을 했다.

가구가 하나도 없는 썰렁한 거실 창가에 선 정필은 담배를 꺼내 김길우에게 한 개비 주고 자기도 한 개비 입에 물고 불을 붙였다.

"사무실로는 저쪽 끝에 방 하나와 화장실 하나만 쓰면 될 겁니다."

정필은 아래층으로 내려갈 수 있는 계단이 있는 쪽의 방을 가리켰다. 아까 둘러봤을 때 그 방이 꽤 컸으며 또한 방 안에 욕실이 따로 딸려 있었다.

김길우는 의아한 표정을 지었다.

"그럼 나머지는 어디에 씁니까?"

"길우 씨가 이사를 오도록 하세요."

"……"

김길우는 뒤통수를 한 대 얻어맞은 것처럼 멍한 표정을 지었다. 그는 무슨 꿈속에서 헛소리를 들은 것 같은 기분이 들었다.

정필은 창을 조금 열고 담배 연기를 뿜었다.

"길우 씨 그런 데서 사는 거 보고 마음이 좋지 않았습니다. 길우 씨도 이제는 우리 회사 중국지사 지사장인데 좋은 곳에서 살아야죠. 그리고 집과 사무실이 붙어 있으면 여러모로 편리할 겁니다."

"터터우……."

김길우는 담배를 손가락 사이에 낀 채 피울 생각도 하지 못하고 두 눈에 눈물이 그렁그렁 고여서 정필을 바라보며 말을 잇지 못했다.

"앞으로 형수님께서 사무실 청소도 해야 하고 가끔 식사도 해주셔야 하니까 공짜가 아닙니다."

"어휴……."

김길우는 정필이 지난번에 이어서 아내를 '형수'라고 부르는 것까지도 황송해서 어쩔 줄 몰랐다.

정필은 바닥에 담배를 버리고 발끝으로 비벼서 끄고 나서 입안에 남은 담배 연기를 내뿜었다.

"그리고 수익 분배는 각자 33%로 합시다. 한국에서는 내 여동생이 일하고 있으니까 세 사람이 수익을 똑같이 나누는 겁니다."

"터터우, 저는 말임다……."

정필은 김길우가 말할 기회를 주지 않았다.

"길우 씨도 알고 있잖습니까? 나는 이거 돈 벌려고 하는 거 아닙니다."

김길우는 뭐라고 말을 해야 하는데 무슨 말을 해야 할지 도저히 떠오르지 않았다.

"수익이 날 때까지 길우 씨에게 매월 만 위안씩 월급을 드리겠습니다."

만 위안이면 한화로 120만 원 정도지만 중국에서는 일반 사람의 13~15배의 엄청난 수입이다.

"아아… 이거이 뭐라고 말씀을 드려야 할지……."

김길우는 정신이 하나도 없다. 다 찌그러져 가는 무허가 집에서 이런 으리으리한 곳으로 이사를 오는 것이나, 수익의 33%를 주는 것, 그리고 수익이 날 때까지 월급으로 무려 만 위안씩 준다는 것이 꿈결처럼 아득하게 들려오는 것만 같았다.

정필을 만나기 전까지만 해도 김길우는 택시 운전을 해서 매월 1,000위안도 못 되는 월급을 받았었다.

툭!

"길우 씨가 우리 회사 이름 한번 지어보십시오."

정필은 김길우의 어깨를 툭 치고는 계단을 내려갔다.

　12월 3일 밤 8시.

　정필은 김길우와 함께 도문 아래쪽인 양수촌으로 볼보를 몰고 갔다.

　오늘은 4일 전에 두만강을 건너간 명옥이 돌아오기로 한 날이라서 정필은 일찌감치 이곳에 나왔다.

　시간을 밤 10시라고 정했지만 뜻밖의 변수라는 것이 발생할지도 모르기 때문에 일찍 온 것이다.

　그런데 정필과 김길우가 볼보를 세운 양수촌 마을 끝 두만강에서 가장 가까운 공터에 승용차 한 대가 미리 와서 대기하고 있었다.

　김길우가 차에서 내려 조심스럽게 승용차에 다가가서 살피고 오더니 아무도 없더라는 것이다.

　"브로커 같습다."

　돈을 받고 탈북을 도와주는 브로커의 차 같다는 것인데 단순 브로커인지 인신매매범인지는 알 수가 없다.

　어쨌든 저 차를 몰고 온 자들은 북한에서 두만강을 건너오는 북한 사람들하고 연관이 있는 게 분명한 것 같았다.

　"어떻게 함까?"

김길우가 잔뜩 긴장해서 조수석의 정필을 보며 물었다.

"일단 차를 빼서 안 보이는 곳에 댑시다."

김길우는 공터에서 차를 돌려 왔던 길로 나가다가 길옆의 으슥한 곳에 차를 댔다. 볼보가 원래 짙은 회색인 데다 후미진 곳에 세워서 자세히 들여다보지 않고는 발견하기 어려울 것이다.

"차에 아무도 없는 거를 보이 강에 나간 모양임다."

김길우의 목소리가 팽팽해졌다. 이런 상황에서 어떻게 해야 할지 그로서는 전혀 대책이 없다.

정필은 앞창 밖의 캄캄한 어둠을 잠시 노려보더니 청바지 왼쪽 종아리를 걷어서 단검을 뽑아 김길우에게 내밀었다.

"길우 씨, 이건 호신용입니다. 위험하다는 판단이 서기 전에는 사용하지 마십시오."

"알겠습니다."

정필이 왼쪽 종아리에 차고 있던 가죽 띠를 풀어서 내밀자 김길우는 긴장한 표정으로 묵묵히 자신의 오른쪽 바지를 걷어 종아리에 가죽 띠를 차고 거기에 단검을 꽂았다.

김길우에게 준 가죽 띠와 단검은 얼마 전에 북한 보위부 상위 권보영에게서 뺏은 것이다.

정필의 오른쪽 종아리에는 가죽 띠에 척사검이 꽂혀 있고, 가죽점퍼 안주머니에는 권보영에게 뺏은 체코제 회색 cz—75가

들어 있다.

박종태에게서 뺏은 흑색의 cz—75는 다른 사람 눈에 띄면 좋을 게 없으므로 영실네 아파트에 감춰두었다.

정필은 평소에는 은애에게서 받은 척사검만 지니고 다니지만 오늘처럼 특수한 상황에는 권총도 지니고 나온다.

더구나 회색 cz—75는 소음기가 부착되어 있다. 권총을 사용할 일은 없겠지만 지니고 있으면 든든할 테고 생명이 위태로울 때에는 사용할 수밖에 없다.

"차에서 기다려요."

"터터우."

정필이 내리려고 하니까 김길우가 급히 불렀다.

"조심하기요."

정필은 고개를 끄떡이고는 오솔길을 따라 두만강으로 빠른 걸음으로 걸어갔다.

특전사 시절에 야간 산악 행군을 밥 먹듯이 한 정필은 야간에도 시야가 좋을 뿐만 아니라 청각은 물론 후각마저도 뛰어난 편이다.

오솔길을 빠르게 걸어가고 있는 정필은 문득 두만강 쪽에서 불어오는 바람결에 묻어 온 담배 연기를 맡았다.

그런데 담배 연기 냄새가 두 종류다. 하나는 싸구려로 칙칙

하고 또 하나는 순한 향이 가미됐다.

그걸로 봐서는 두만강 가에 최소한 두 사람 이상이 있다는 뜻이다. 그들이 바로 마을 어귀에 승용차를 세워둔 브로커들일 것이다.

이윽고 정필이 두만강이 내려다보이는 언덕 근처에 이르렀을 때 과연 언덕의 무성한 누런 풀숲 속에 두 사람이 서서 담배를 피우고 있는 모습이 보였다.

상체를 드러낸 채 담배를 피우다니, 어둠 속에서 반짝이는 담뱃불이 수㎞ 먼 곳에서도 보인다는 사실을 모르는 자들이다. 그런 걸 보면 아마추어가 분명하다.

정필은 아무 기척도 내지 않은 채 두 사내 뒤로 5m까지 접근하여 한 그루 거대한 나무 뒤에 멈춰서 묵묵히 그들을 지켜보았다.

그런데 그때 정필의 뒤쪽에서 무슨 소리가 들렸는데 순간적으로 발소리 같다는 생각을 했다.

자박…….

정필은 움찔하며 얼른 옆으로 한 걸음 슬쩍 나무 그늘 속으로 숨어 들어갔다.

뒤에서 들린 소리가 다른 것일 수도 있지만 누군가 따라오고 있었을 가능성이 있다.

오늘 밤의 가시거리는 10m 정도이며, 물론 야간 시력이 좋은 정필의 경우다.

만약 누군가 뒤에서 정필을 따라오고 있었다고 해도 10m 밖이었다면 정필을 보지 못했을 테고, 10m 안이었다면 봤을 것이다.

그런데 10m 안쪽 뒤에서 누군가 따르고 있는 기척을 정필이 느끼지 못했을 리가 없다.

그렇지만 정필은 고개를 돌려 뒤돌아보지 않았다. 그의 청바지와 가죽점퍼는 검은색 계통이고 빛을 흡수하지만 얼굴은 번들거리기 때문에 뒤돌아보는 순간 상대에게 노출될 수 있기 때문이다.

만약 위험하다는 생각이 들었으면 뒤돌아봤겠지만 아무리 이런 장소라고 해도 낯선 사람을 다짜고짜 공격하지는 않을 것이라고 생각했다.

쉬익!

그런데 정필의 그런 생각이 오산이었음이 즉시 증명됐다. 갑자기 뭔가 세찬 바람 소리가 그의 뒤쪽서 들렸다.

이것은 굳이 눈으로 보지 않아도 묵직하고 날카로운 물체가 허공을 가르는 소리라는 걸 직감할 수 있다.

누군가 그를 공격하고 있는 것이 분명하다. 정필이 누군지 알지도 못하는 상황에서 다짜고짜 공격이라니, 심성이 악한 자가 분명하다.

몹시도 짧은 순간, 정필의 뇌리에서 몇 가지 생각이 번갯불처럼 번뜩였다.

뒤돌아보고 확인하면 늦는다. 우선 피하면서 상대를 확인하고 그 즉시 반격을 가해야 한다고 판단했다.

생각과 동시에 정필은 오른쪽으로 한 걸음 크게 내디디면서 상체를 틀어 뒤돌아보았다.

쉬이—

하나의 은빛으로 반짝이는 긴 물체가 정필의 목을 향해 무서운 속도로 그어오고 있는 게 보였다.

그것은 한 자루의 긴 칼이었다. 중국 무술 영화에서 봤던, 그리고 지난번 길림성 당서기 위엔씬을 공격했던 괴한들이 휘둘렀던 바로 그런 칼이다.

파아—

은빛의 긴 칼끝이 돌아보는 정필의 왼쪽 턱을 스치면서 그의 고개가 팩 돌아갔다.

칵!

칼은 정필을 베고 나무에 박혔다. 만약 정필이 순간적으로 판단을 내리고 제때 피하지 않았더라면 턱이 아니라 목이 잘라지고 말았을 것이다.

정필은 자신이 칼에 살짝 베었다는 것을 느꼈으나 고개가 돌아가는 바람에 몸이 균형을 잃고 옆으로 기우뚱 쓰러지고 있었다.

곰처럼 거대한 체구의 한 사내가 나무에 박힌 칼을 두 손으로 잡고 가볍게 뽑는 모습이 보였다.

뒤로 쓰러지고 있는 정필은 그 모습을 보면서 재빨리 오른손으로 가죽점퍼 지퍼를 내렸다.

쿵!

"윽!"

정필은 등을 아래로 하여 풀밭에 세차게 쓰러지면서 낮은 신음 소리를 냈다.

쉬잇!

곰 같은 사내가 풀밭에 누워 있는 정필의 얼굴을 향해 세로로 칼을 그어 내리며 곧장 두 번째 공격을 퍼부었다.

정필이 다급하게 오른쪽으로 몸을 굴리는데 칼이 한 뼘 차이로 그의 왼쪽에 스치며 땅에 꽂혔다.

파악!

정필이 한 바퀴를 구른 후에 다시 하늘을 보는 자세가 되었을 때에는 눈앞에 사내가 3명으로 불어나 있었다. 담배를 피우고 있던 사내들까지 가세를 한 것이다. 그리고 그들 모두 손에 똑같이 긴 칼을 쥐고 부챗살처럼 반원형을 이룬 광경이다.

3명의 사내는 더 이상 공격을 하지 않았다. 정필이 쓰러져서 저항을 하지 못하는 상태고, 칼을 지닌 자신들이 그를 포

위하고 있기 때문에 다 잡았다고 안심하는 것 같았다.

정필은 오른손을 가죽점퍼 안주머니에 넣은 상태에서 날카롭게 사내들을 쏘아보았지만 일어나지는 않았다. 섣부른 행동을 하면 사내들이 공격을 할 것이다.

"이 새끼 맞다!"

사내들 중에 한 명이 정필을 보며 자지러질듯이 외쳤다.

"그날 밤에 바로 이 새끼가 우릴 조진 거이야!"

정필이 사내들을 보니까 오른쪽에 서 있는 두 사내는 조금 전까지 담배를 피우던 자들인데, 한 명은 왼쪽 눈에 안대를 하고 콧잔등에 큼직한 반창고를 붙였으며, 다른 한 명은 이마를 붕대로 감은 모습이다.

정필은 두 사내가 4일 전 바로 이 자리에서 향숙을 강간하려다가 정필에게 두들겨 맞은 놈들이라고 판단했다. 놈들 얼굴을 기억해서가 아니라 놈들 얼굴에 더덕더덕 붙인 반창고와 그들의 대화로 미루어 알아차린 것이다.

"이 개새끼야! 너 우릴 알아보겠니?"

"이 종간나새끼 도막내서 죽여 버리자우!"

그 당시에 두 사내는 졸지에 정필에게 매타작을 당했는데도 어떻게 그를 알아본 것인지 눈썰미가 대단했다.

그런데 이자들이 정필에게 복수를 하려고 4일 동안 여기에서 기다리고 있었던 것인지 아니면 다른 볼일이 있는지 모를 일이다.

사내들은 정필을 죽이는 건 시간문제라고 생각했는지 말처럼 그를 당장 죽이려고 하지는 않았다.

"이 새끼야! 도대체 너 뉘기야? 지난번 그 쌍년하고는 어떤 사이야?"

안대를 하고 콧등에 반창고를 붙인 사내가 발로 정필의 발바닥을 차면서 사납게 물었다.

그런데 오히려 정필이 조금도 겁먹지 않은 얼굴을 하고 조용한 목소리로 물었다.

"너희 인신매매하는 놈들이냐?"

정필의 당당한 모습에 3명의 사내는 어? 하는 표정을 짓더니 그중 한 명이 발끈하며 냅다 칼을 휘두르려는 걸 다른 한 명이 말리고 대답했다.

"이 새끼야! 우리가 북조선 에미나이들을 팔아먹고는 있지만 그게 본업은 아니다! 그년들 강간하고 팔아먹는 거이 재미삼아서 하는 부업이란 말이다!"

정필은 사내들이 발작하지 않도록 천천히 상체를 일으켜 책상다리를 하고 앉았다.

"본업이든 뭐든 누가 너희더러 그 여자들을 팔아먹어도 좋다고 했느냐?"

"뭐라? 이 개새끼래 간이 배 밖으로 나왔구만 기래?"

"그 여자들 입으로 중국 시골구석의 늙은 남자들에게 시집 가겠다고 말했느냐?"

"야! 이 새끼야! 제정신이 박힌 에미나이라면 그런 말을 제 입으로 하겠니야?"

속이 뒤집힌 정필의 입술이 비틀어졌다.

"내가 너희들 마누라나 딸을 중국 시골구석의 늙은 남자에게 팔아먹겠다면 어떻게 할 테냐?"

그는 조소하면서 가죽점퍼 안주머니의 cz−75 안전장치를 해제했다.

결국 한 사내가 참지 못하고 정필의 상체를 향해 곧장 칼을 휘둘러댔다.

휘잉!

"이 썩은 간나새끼가 지금 뭐라고 씨부려……."

투칵!

퍽!

"흐윽!"

정필은 재빨리 cz−75를 뽑아 칼을 휘두르는 사내의 오른쪽 어깨를 그대로 갈겨 버렸다.

총에 맞은 사내는 상체가 오른쪽으로 휘딱 젖혀지면서 반 바퀴 빙그르 돌며 뒤로 벌렁 나자빠졌다.

그리고 다른 두 사내는 벌떡 일어서는 정필의 오른손에 쥐어져 있는 권총을 발견하고 얼음이 돼버렸다.

설마 정필이 권총을 지니고 있을 것이라고는 상상도 못 했다는 표정이다.

"으으… 으아아… 이 새끼… 나를 어떻게 한 거야……? 너이 새끼 죽여 버리가서……."

쓰러진 사내는 지독한 고통으로 버둥거리지만 일어서지 못하고 죽는다고 신음 소리만 낼 뿐이다.

그때 서 있는 두 사내가 양쪽으로 벌어지면서 슬금슬금 이동했다. 자신들이 양쪽에서 공격하면 정필이 대처할 수 없거나 한 명에게 권총을 쏠 때 나머지 한 명이 칼을 휘둘러 끝장을 내겠다는, 뭐 그런 작전인 것 같은데, 지금으로선 최선의 방법인 것 같았다. 물론 상대가 정필이 아니었을 경우의 얘기지만.

투칵!

퍼억!

"우왁!"

정필은 두 사내가 공격을 하기 전에 가차 없이 먼저 선수를 쳐서 왼쪽 한 놈의 허벅지에 cz−75를 갈겼다.

최초에 정필에게 칼을 휘둘렀던 곰 같은 사내가 비명을 지르면서 그 자리에 풀썩 주저앉았다.

정필은 그 사내를 쏘자마자 재빨리 마지막 남은 오른쪽 사내에게 권총을 겨누었다.

이마에 붕대를 감은 사내는 정필의 얼굴을 향해 칼을 휘두르다가 소스라치게 놀라서 얼른 칼을 땅에 버리고는 두 손을 번쩍 쳐들었다.

"사… 살려주기요……."

"꿇어."

정필은 얼음처럼 차가운 얼굴로 조용히 중얼거렸다.

"네… 네?"

겁에 질린 사내는 무슨 말인지 알아듣지 못했다.

퍽!

"꿇으라구! 이 새끼야!"

"컥!"

정필이 발등으로 냅다 사타구니를 걸어차자 사내는 그대로 고꾸라졌다.

총에 맞지 않은 사내는 무릎을 꿇고 있으며 정필은 그 뒤에 우뚝 섰다.

그 사내는 눈앞에 쓰러져 있는 자신의 동료들이 총에 맞은 어깨와 허벅지에서 피를 흘리면서 끙끙거리고 있는 광경을 보면서 얼굴이 사색으로 질렸다.

그래서인지 조금 전에 정필에게 사타구니를 걸어차여서 불알이 터질 것처럼 아픈 고통도 잘 느껴지지 않았다.

"네놈들 여기에서 4일 동안 날 기다린 거냐?"

정필은 핏발이 곤두선 눈으로 사내의 뒤통수를 쏘아보면서
물었다.

"아… 아닙다. 우린 그때 이후로 오늘까지 두 번 여기 온 거
임다. 그저께는 북조선에서 중요한 물건을 받을 거이 있어서
왔었고… 오늘은 에미나이 둘을 도강시키려고 나왔는데……."

"나왔는데?"

"호… 혹시나 선생을 만나지 앙이 할까 미리 준비하고 있었
던 것뿐임다……."

이놈들의 본업이 뭔지는 몰라도 인신매매를 하고 있는 게
분명했다. 브로커는 허울뿐이고 도강시킨 북한 여자들을 팔
아먹고 있었던 것이다.

그저께 북조선 물건을 받으러왔을 때도, 그리고 북한 여자
들을 도강시키러 온 오늘도 혹시 정필하고 마주칠까 봐 자기
들 딴에는 만반의 준비를 하고 있었던 것이다.

"오늘 넘어오는 여자 둘은 어떻게 할 생각이었느냐?"

"에미나이들이 원하는 곳으로 보내……."

쿡!

"똑바로 말해라."

"흑!"

권총 소음기 끝으로 뒤통수를 찔리자 사내는 숨넘어가는 소리를 냈다.

그의 눈동자가 쉴 새 없이 구르면서 눈앞에서 버둥거리고 있는 동료들을 훑었다.

"으으… 가… 강간하고 팔아먹으려고 했습다……."

그때 어깨에 총을 맞은 사내가 상체를 일으켜 눈을 부라리며 고함을 질렀다.

"야! 상칠이, 너 이 새끼야! 아가리 닥치라우!"

투캉!

픽!

"끅……."

철문에 빗장 거는 듯한 소리가 허공을 울리는 것과 함께 방금 고함쳤던 사내는 답답한 신음 소리를 내면서 상체가 뒤로 벌렁 젖혀졌다.

눈을 부릅뜨고 있는 그 사내의 반창고를 붙인 콧잔등에 엄지손톱 크기의 구멍이 뻥 뚫렸으며 잠시 후에 그곳으로 피가 뭉클뭉클 솟구쳤다.

"으흐흐흐……."

정필 앞에 무릎이 꿇린 사내나, 허벅지에 총을 맞은 사내는 그 광경을 보고 공포에 질려서 오줌을 질질 쌌다.

정필은 이놈들이 필시 인신매매를 할 여자들을 어딘가에

감금했을 것이라고 짐작하고 캐물었다.

"여자들을 어디에 가뒀느냐?"

"어으으… 요… 용정(龍井)……."

성필의 짐작이 맞았다. 또한 이놈들은 연길이 아니라 용정 놈들인 모양이다.

"용정 어디냐?"

"으으… 용강촌(龍江村)임다……."

"용강촌이 어디냐?"

"해… 해란강(海蘭江) 옆에……."

그때 어둠 속에서 김길우가 불쑥 나타나더니 정필을 향해 고개를 끄떡였다. 용정 지리는 잘 알고 있으니까 계속하라는 뜻이다.

정필과 김길우는 너무 놀라고 기가 막혀서 한동안 아무 말도 하지 못했다.

이놈들 인신매매단이 그동안 팔아넘긴 북한 여자의 수가 자그마치 3백여 명이나 되고, 지금 용정 모처에 감금시켜 놓은 여자가 17명이라는 것이다.

더구나 여태까지 팔아넘긴 여자들은 물론이고 용정에 감금되어 있는 여자들까지 이놈들이 단 한 명도 빼놓지 않고 모조리 강간을 했다는 것이다.

자기들이 좋아서 강간을 하기도 했지만, 처음부터 무조건 그렇게 강간을 해봐야지만 북한 여자들이 도망갈 생각을 하지 않고 기가 꺾이기 때문이라고 말도 되지 않는 개소리를 늘어놓았다.

"이……."

정필은 정말 악이라도 바락바락 지르고 싶을 정도로 분노가 치밀어 올랐다.

그런데 분노가 활활 타오르고 있는 정필에게 사내가 휘발유를 끼얹는 협상 카드를 내밀었다.

"선생… 물건 사려고 맡아놓은 돈이 엄청 많슴. 에미나이 가둬놓은 곳에 가면 있으니끼니 그거 다 드릴 테니까… 아… 아니… 에미나이들도 모두 드릴 테니까 제발 목숨만 살려주우다……. 나도 집에 마누라하고 애새끼들이……."

투콱!

"큭!"

정필은 더 이상 참고 들을 수가 없어서 그대로 방아쇠를 당겨 버리고 나서 이빨을 드러내고 으르렁거렸다.

"이런 씨팔 개새끼들……."

뒤통수에 구멍이 뚫려 앞으로 푹 고꾸라지면서 즉사한 사내를 보더니 마지막 남은 허벅지에 총을 맞은 사내의 얼굴이 사색이 됐다.

"으어어……."

그러더니 갑자기 미친 듯이 기어서 도망치기 시작했다.

"으아아! 살인자다! 사람 살려라!"

그걸 보고 정필이 따라가려는데 김길우가 눈에서 불을 뿜을 것 같은 표정으로 정필에게 손을 내밀었다.

"터터우, 이리 주십시오. 저 새끼는 내가 죽이갔습다."

정필이 뭐라고 할 새도 없이 김길우는 정필의 손에서 권총을 뺏어 사내를 뒤쫓아 가며 마구 총을 쏴댔다.

투캭! 투캭! 투캭!

사내는 등과 허리에 두 발을 맞고 부들부들 온몸을 떨다가 뒤통수에 한 발 더 맞고는 잠잠해졌다.

마지막에 죽은 사내는 기어서 도망치려고 몸부림을 쳤지만 결국에는 동료 2명이 죽은 곳에서 3m도 가지 못하고 길게 뻗어버렸다.

정필과 김길우는 나란히 서서 한동안 물끄러미 시체들을 굽어보면서 아무 말도 하지 않았다.

그렇게 무거운 침묵이 흘렀다.

정필은 지난번 박종태와 권승갑에 이어서 오늘 또다시 3명의 인신매매범을 죽였다.

마지막 한 명은 김길우가 죽였지만 사실 정필이 죽인 것이나 다름이 없다.

그렇지만 후회하는 마음은 조금도 들지 않았다. 또다시 이런 상황에 처하고 이런 놈들하고 마주치면 똑같이 죽여 버릴 것 같았다.

그때 김길우가 두만강 쪽 캄캄한 어둠을 보면서 독백처럼 조용히 중얼거렸다.

"터터우, 이새끼들은 악마임다. 기니끼니 우리가 불쌍한 북조선 에미나이 수천 명을 살린 거우다."

김길우의 말이 맞다. 이런 피도 눈물도 없는 악마 같은 놈 3명을 죽임으로써 배가 고파서 탈북하는 북한 여자 수천 명을 살린 것이다.

인간의 본성은 모두 선하다는 말이 있는데, 정필 생각으로는 그건 한낱 개소리에 불과하다. 선한 인간이 3백 명이 넘는 여자를, 그것도 같은 동포를 강간하고 몇 푼의 돈을 받고 팔아넘긴다는 말인가.

그런 자들은 태어나면서부터 악인이었던 게 분명하다. 아니, 세상에 태어나지 말았어야 할 자들이다.

"나는 이렇게 생각합니다."

정필이 조용한 목소리로 입을 열자 김길우가 쳐다보다가 그의 왼쪽 턱에서 흐르는 피를 보고 깜짝 놀랐다. 하지만 그의 말을 끊지 않았다.

"탈북자를 괴롭히는 자는 무조건 악인입니다. 앞으로도 나한테 그런 놈들이 걸리면 절대로 용서하지 않을 겁니다."

"맞습니다."

김길우는 머릿속에서 수많은 생각이 교차했으나 말재주가 없어서 단지 그렇게 말하며 고개를 끄떡였다.

그는 비로소 권총을 내밀면서 걱정스러운 표정으로 정필의 턱을 쳐다보았다.

"터터우, 피가 납니다."

그는 주머니에서 손수건을 꺼내 정필의 턱에서 흐르는 피를 조심스럽게 닦아냈다.

정필의 왼쪽 턱과 목의 경계 부위에 3㎝ 정도 살짝 베인 상처가 생겼는데 그리 깊지는 않았으나 피를 닦아냈는데도 금세 피가 뚝뚝 떨어졌다.

언제부턴가 눈이 내리고 있었다. 눈송이 하나 크기가 밤알 정도로 큼직한 함박눈이다.

정필과 김길우는 죽은 시체들의 옷을 모두 벗겨서 꽁꽁 얼어붙은 두만강 위로 각자 하나씩 끌고 갔다.

강 복판에 얼지 않은 곳이 있으면 그곳에 시체를 버릴 생각인데 강이 다 얼었으면 얼음을 깨서라도 시체를 처리해야만 하는 상황이다.

엄동설한에 단단한 땅을 파서 시체를 묻는 것은 불가능한 일이고 차 트렁크에 싣고 연길로 돌아가면 시체를 처리하는 것이 더욱 난감해진다.

만약 강이 북한 쪽까지 다 얼었으면 봉보로 돌아가서 연장을 가져와 얼음을 깨야만 하는데 힘든 일이 될 것이다.

그렇지만 시체를 끌면서 중국 쪽에서 20m쯤 왔는데도 단단한 얼음 바닥이 계속 이어지고 있어서 정필과 김길우의 마음은 불안함으로 가득 찼다.

명옥이 돌아오거나 다른 탈북자들의 도강으로 봐서는 두만 강 전체에 얼음이 꽝꽝 얼어야 수월하겠지만, 지금 두 사람은 그 반대의 상황을 기대해야 하는 모순된 입장이다.

이제 함박눈은 몇 걸음 앞이 보이지 않을 정도로 거세게 퍼붓고 있다.

'이대로 북한까지 갈 수는 없다.'

35~40m의 강폭에 20m까지 얼음이 얼었다면 전체가 다 얼었다고 봐야 할 것이다.

시체를 북한에 버리면 간단할 것 같지만 조금만 더 깊이 생각해 보면 자칫 큰 문제로 비화할 가능성이 있다는 사실을 알 수 있다.

3구의 시체를 두고 북한 보위부와 중국 공안이 공조수사를 벌이기라도 하면 골치 아파진다.

더구나 시체 속에 박혀 있는 탄환을 수거하여 그 탄환이 북한 보위부 권보영 상위의 cz—75에서 발사된 것이라는 사실이 밝혀질 가능성도 전혀 배제할 수 없다.

안기부 연변 주재 수사요원 김낙현이 북한에 납치된 사위와 맞교환하기 위해서 권보영을 데리고 있다.

어쩌면 이미 인질 교환이 이루어졌을지도 모르고 조만간 이루어져서 권보영이 북한으로 돌아가면 북한 두만강 가에 버려진 3구의 시체를 죽인 사람이 정필이라는 것을 유추해 내는 것은 그리 어려운 일이 아닐 것이다.

그때 정필은 4~5m 전방에 흰 얼음 바닥이 보이지 않을 뿐만 아니라 쏟아지는 함박눈이 쌓이고 있지 않는 것을 발견했다.

"헉헉헉… 터터우……."

뒤돌아서 뒷걸음질 치며 시체 한 구를 끌고 있는 김길우가 헐떡이면서 정필을 불렀다.

"후우… 후우… 다 왔습니다, 길우 씨."

"헉헉헉헉… 네에?"

"강물입니다……!"

"아… 헉헉헉… 다행임다……."

그건 기적 같은 일이었다. 정필과 김길우 앞에는 얼음이 끝나고 폭 2m 남짓의 강물이 세차게 흐르고 있었다.

좌아아—

정필은 어째서 강 한가운데가 제일 깊고 또 물살이 센 섯이라고 생각했는지 쓴웃음이 났다.

원래 굽이쳐서 흐르는 강물은 구부러지는 만곡(彎曲) 때문에 강의 한가운데보다는 대부분 왼쪽이든 오른쪽이든 가장자리가 깊은 법이다.

그러니까 지금 이곳 강물의 지형은 중국 쪽이 얕고 북한 쪽이 깊어서 아직 얼지 않은 곳이 있는 것이다.

"길우 씨는 좀 쉬십시오."

정필이 벌거벗은 시체 2구를 시커먼 강물 속으로 하나씩 밀어 넣는 동안 길우는 얼음 바닥에 퍼질러 앉아서 거칠게 헐떡였다.

"헉헉… 강이 다 얼었으면 어쩌나 하고 걱정했습다……."

"운이 좋았습니다."

정필은 두 번째 시체가 강물 속으로 순식간에 사라지는 것을 지켜보고는 몸을 돌렸다.

"금방 다녀오겠습니다."

"티터우."

정필이 남은 시체 한 구를 가지러 간다는 것을 알고 김길우가 일어서려는데 정필의 모습은 이미 눈보라에 가려서 보이지 않았다.

김길우는 우두커니 서서 정필이 사라진 방향을 물끄러미

응시했다.

그는 조금 전에 자신이 엉겁결에 사람을 죽인 것에 대해서 곰곰이 생각해 보았다.

그렇지만 지금에 와서 다시 생각을 해보니까 그런 상황이 다시 닥쳐도 똑같은 행동을 할 것 같았다.

정필을 믿고 따르기 때문에 그에게 자신의 충성심을 보이기 위한 우발적인 행동은 아니었다.

정필처럼 김길우도 걷잡을 수 없이 크게 분노했었다. 그리고 복수하고자 하는 마음도 있었다.

김길우는 탈북녀를 팔아넘기는 인신매매범들에게 심장에 뚜렷이 새겨진 화인(火印)처럼 지워지지 않는 큰 상처를 간직하고 있다.

사실 그는 2년 전에 인신매매범에게 5,000위안을 주고 탈북녀였던 아내 이연화를 샀다.

자꾸만 나이를 먹어 가는데도 장가를 가지 못한 그는 궁여지책으로 그런 방법을 택했으며, 결혼을 하고 나서야 아내가 인신매매범에게 수차례 강간을 당했으며, 그것 때문에 아내가 남자와 섹스를 하는 것에 극심한 거부 반응을 보인다는 사실을 알게 되었다.

김길우에게 이연화를 판 인신매매범이 바로 박종태였으며 그녀를 김길우에게 팔아넘긴 그 전날에도 그녀는 박종태에게 짓밟혔었다.

그 사실을 알고 나서 김길우는 박종태가 죽이고 싶도록 미웠으나 박종태는 연길시를 주름잡는 건달이고 범죄자인 반면 김길우는 그저 택시나 모는 힘없는 처지라서 속만 태웠을 뿐이다.

그런데 우연찮게 만나서 윗사람으로 모시고 또 존경하게 된 정필이 박종태를 죽였다는 사실을 알았을 때 김길우는 너무 기뻐서 덩실덩실 춤이라도 추고 싶었다.

그렇지만 그는 아내 이연화가 탈북자라는 사실만 정필에게 말했을 뿐 그녀가 박종태에게 수차례 강간을 당했었다는 사실은 발설하지 않았다. 구태여 그것까지 말할 필요를 느끼지 못했기 때문이다.

어쨌든 김길우는 자신의 손으로 인신매매범을 죽인 것에 대해서 후회는커녕 외려 든든한 자신감이 생겼다.

'내래 조금이라도 터터우의 도움이 돼야지 절대로 짐이 돼서는 안 된다이.'

제18장
버림받은 민족

정필은 세 번째 시체의 팔을 잡고 질질 끌면서 얼음 바닥 위를 걸어갔다.

아까 끌고 갔던 시체가 얼음 바닥에 흘린 피는 펑펑 내리고 있는 눈이 다 덮어서 흔적조차 없이 사라졌다.

쓰레기 3명을 쏴 죽인 장소에서 탄피를 찾지 못한 것이 신경 쓰였지만 이렇게 눈이 쏟아지면 어차피 내년 봄까지는 눈 속에 파묻혀 있을 것이다.

"후-우-우… 후우……."

눈발이 점점 더 거세어져서 불과 서너 걸음 앞조차 보이지 않아 정필은 자기가 지금 제대로 가고 있는지 확신이 서지 않았다.

김길우는 얼음 바닥에 무릎을 꿇고 앉아서 두 손을 깍지 껴서 머리에 얹고 참담한 표정을 지었다.

그의 옆 1m 거리에는 북한 국경수비대 병사 한 명이 그를 향해 소총을 겨눈 채 날카롭게 질문하고 있었다.

"당신 이름이 뭬이야?"

김길우는 일그러진 얼굴로 일부러 크게 대답했다.

"내 이름은 김길우요!"

정필이 오고 있을 테니까 그가 들으라는 것이다.

김길우가 버럭 소리를 지르자 북한 병사는 인상을 확 썼다.

"목소리 낮추라우."

조금 전에 김길우는 여기에서 서성거리면서 정필이 오기를 기다리고 있었다.

그런데 뒤돌아 서 있는 김길우 뒤 북한 쪽에서 갑자기 시커먼 그림자 하나가 2m 폭의 강물을 뛰어넘더니 다짜고짜 소총을 겨누면서 무릎을 꿇으라고 윽박지르는 것이었다.

그게 바로 30초 전의 상황이고 시커먼 그림자는 북한 국경수비대 병사였다.

북한 병사는 목 언저리에 누런 털이 수북한 개털슈바(근무

용 외투)를 입었으며, 왼손에는 뭉툭한 솜 장갑을 꼈고 방아쇠에 손가락을 걸고 있는 오른손은 맨손이다.

그는 소총을 김길우에게 겨눈 상태에서 북한 쪽을 향해 낮게 외쳤다.

"이보라우, 만나기로 한 브로커 이름이 김길우가 맞네?"

"아임다. 브로커 이름은 송양원이라고 함다."

2m 폭의 강물 건너 얼음 위에는 쏟아지는 눈 속에 몇 사람이 옹송그리고 모여 서 있는데 그중 한 여자가 새된 목소리로 대답했다.

북한 병사는 그쪽에 대고 다시 물었다.

"꼬마야, 너 만나기로 한 오라바이 이름이……."

그러나 북한 병사는 말을 끝내지 못했다. 느닷없이 뭔가 차갑고 단단한 물체가 그의 뒤통수를 가볍게 쿡 찔렀기 때문이다.

"손가락 하나 까딱하면 죽는다."

김길우는 북한 병사 뒤에 장승처럼 우뚝 서서 그의 뒤통수에 권총을 찌르고 있는 정필을 발견하고 환하게 웃으면서 벌떡 일어섰다.

"터터우."

정필은 우두커니 서 있는 북한 병사에게서 소총을 뺏어서 김길우에게 던져 주었다.

철컥!

사실 정필은 조금 전에 김길우가 큰 소리로 자기 이름을 외치는 소리를 듣고는 끌고 오던 시체를 놓고 다른 방향으로 돌아서 접근하여 북한 병사를 제압한 것이다.

정필은 방금 북한 병사가 강물 건너 북한 쪽에 있는 여자에게 브로커의 이름을 묻는 걸 들었기 때문에 어쩌면 이 병사가 탈북하는 사람에게 돈을 받고 도강시켜 주고 있는지도 모른다는 생각이 들었다.

정필은 권총을 북한 병사 뒤통수에 겨눈 상태에서 2m 강물 건너를 쳐다보면서 조금 큰 목소리로 외쳤다.

"거기 녕옥이 있니?"

정필의 외침이 끝나자마자 강물 건너에서 자지러지는 소녀의 부르짖음이 터졌다.

"오라바이! 저 명옥이야요! 오라바이!"

그러면서 세찬 눈보라를 뚫고 작고 가녀린 체구 하나가 강물 쪽으로 나섰다.

정필이 보니까 눈보라 속에서 명옥이 손을 흔드는 모습이 똑똑히 보였다.

"명옥아! 뒤로 물러나라! 얼음이 깨질지도 모른다!"

명옥이는 뒷걸음질 치면서 외쳤다.

"오라바이! 그 북한 병사가 우릴 도강시켜주고 있습다! 그 사람 죽이지 마시라요!"

정필은 북한 병사 어깨에 손을 얹고 조용히 말했다.

"총을 거둘 테니까 그대로 서 있도록 해요. 알았소?"

북한 병사가 묵묵히 고개를 끄떡였다.

슥—

정필이 권총을 거두고 뒤로 한 걸음 물러서자 잠시 후 북한 병사가 천천히 돌아서 그를 쳐다보았다.

그런데 뜻밖에도 북한 병사는 아주 앳된 얼굴이다. 아무리 봐도 20살이 안 됐을 소년 병사였다.

정필은 김길우에게 소총을 받아서 북한 병사에게 건네고 권총을 가죽점퍼 안주머니에 넣었다.

북한 병사도 경계심을 풀고 소총을 어깨에 메더니 중국 쪽을 턱으로 가리키면서 정필에게 물었다.

"저쪽에 브로커가 있슴까?"

정필은 고개를 가로저었다.

"없소. 우리뿐이오."

북한 병사는 강물 저쪽 눈보라 때문에 보이지 않는 사람들에게 시선을 주고 어두운 표정을 지으며 말했다.

"들었니? 너희 브로커는 오지 앙이 했단다."

눈보라 속에서 울먹거리는 앳된 여자의 목소리가 들렸다.

"그럼 어떻게 함까? 우린 꼭 중국에 가야함다."

정필이 보기에 건너편에는 명옥이네 말고 또 한 팀이 있는 것 같았다.

그리고 아까 정필과 김길우가 죽인 3명의 사내가 바로 그 팀을 기다리고 있었던 모양이다.

북한 병사는 복잡한 표정을 짓고 있다가 정필을 보며 불쑥 말했다.

"선생이 다 데려가 줄 수 없겠습까?"

정필은 이 어린 북한 병사가 그저 돈만 받고 도강만 시켜주면 될 텐데 어째서 그런 것까지 챙기는 것인지 궁금했다.

"자네가 할 일은 저 사람들을 도강시켜 주는 것으로 끝나는 거 아닌가?"

정필은 말을 놓았다. 그의 말에 북한 병사의 얼굴이 굳어지더니 불끈거리는 얼굴로 퉁명스럽게 내뱉었다.

"저 사람들은 중국 땅이 처음인데 브로커도 없이 그냥 제멋대로 가다가 길에서 얼어서 죽거나 중국 공안에게 붙잡히라는 말임까?"

그는 차갑게 정필을 쏘아보았다.

"다 똑같은 사람인데 누군 데려가고 누군 못 데려가겠다니, 선생은 어째 그렇게 인정머리가 없슴까?"

정필은 북한 병사의 마음을 충분히 읽었다.

"나는 못 데려가겠다는 말은 하지 않았네."

이어서 뒤로 몇 걸음 물러섰다가 내달리면서 2m 강줄기를 훌쩍 건너뛰었다.

북한 병사는 깜짝 놀라 정필에게 소리쳤다.

"뭐하는 거이요?"

김길우가 빙그레 웃으면서 북한 병사의 어깨를 툭 쳤다.

"보면 모르나? 다 데려가려는 게지."

"아……."

북한 병사는 그제야 얼굴을 풀고 안도의 표정을 지었다.

"오라바이!"

정필을 보자마자 명옥이 반가움의 눈물을 흘리면서 그의 품으로 뛰어들었다.

"명옥아."

정필은 여전히 비쩍 마르고 가냘픈 체구의 명옥을 품에 안고 머리를 쓰다듬었다.

"아픈 데는 없니?"

"정말 무서웠는데 오라바이를 보니끼니 이자 괜찮습다."

명옥 뒤쪽에 서 있는 미라처럼 깡마른 40대 여인과 역시 피골상접한 10살 남짓한 소년은 정필과 시선이 마주치니까 얼른 꾸벅 허리를 굽혔다.

입혀서 보냈던 두툼한 파카는 남동생에게 입히고 명옥은 낡은 누비 솜옷을 입고 있었다.

정필이 명옥을 품에서 떼어내고 있을 때 북한 병사가 이쪽으로 건너왔다.

정필이 명옥 엄마에게 등을 내밀었다.

"나한테 업히세요."

허름하고 얇은 옷을 입고 모자를 눌러쓴 명옥 엄마는 주저하다가 정필에게 업혔다. 명옥 엄마는 마치 짚단 하나를 업은 것처럼 가벼웠다.

정필은 점프하기 위해서 명옥 엄마의 두 다리를 잡고 뒤로 물러나며 당부했다.

"꼭 붙잡으세요."

그러고는 힘차게 달리다가 불쑥 도약하여 맞은편 얼음 바닥 위에 묵직하게 내려섰다.

쿵! 타타탁……

명옥 엄마 체중이 아무리 35㎏ 정도밖에 나가지 않는다고 해도 사람 한 명을 업고 2m 폭의 강물을 도약하는 것은 결코 쉬운 일이 아니다.

그다음에는 명옥의 남동생과 명옥을 업고 차례로 강물을 건너뛰었다.

지금 여기에서 2m의 강물을 사람을 업고 건너뛸 수 있는 능력의 소유자는 정필 한 사람뿐이다. 남자라고 해도 이 정도의 일은 보통 사람으로선 엄두를 내지 못할 일이다. 그렇지만 정필은 월등한 신체적 조건과 탁월한 파워가 있기에 가능하다.

"기다리고 있어라."

정필은 부드럽게 미소 지으며 명옥의 머리를 쓰다듬고 나서 다시 북한 쪽으로 건너뛰었다.

북한 소년 병사가 두 여자를 정필 앞으로 이끌었다.

"선생한테 브로커 비용을 따로 내겠담다."

정필은 대답하지 않고 두 여자를 쳐다보았다. 모녀인 듯한 그녀들은 13~14살 정도의 어린 소녀와 30대 초반의 여인이었다.

그런데 그들 모녀를 보면서 정필은 조금 놀랐다. 과연 북한에 이런 여자들이 존재하고 있었을까 하는 의심이 들 정도로 살결이 뽀얗고 살이 통통하게 올랐으며 고생이라고는 해보지 않은 모습이다.

더구나 여자는 인텔리의 냄새가 확 풍겼으며, 소녀는 살아 있는 인형을 보는 것 같은 착각이 들 정도로 예뻤다.

모녀는 러시아식의 두툼한 모피 옷에 귀를 덮는 모피 모자를 쓰고 손에는 가죽 장갑까지 껴서 조금도 춥지 않은 모습이다.

붉은색의 고급스러운 배낭을 멘 여자가 정필에게 우아한 모습으로 말했다.

"연길까지만 데려다 주시라요."

정필은 가볍게 고개를 끄떡이고는 여자에게 말없이 등을 내밀었다.

"혜주야, 네가 업혀라."

"네, 어머니."

여자의 우아한 손짓과 말에 소녀가 정필에게 업혔다.

정필은 소녀를 강물 건너에 데려다주고 돌아왔다. 그런데 여자가 뜻밖의 말을 했다.

"저 혼자 건너보갔시오."

"어려우니까 업히세요."

"일없슴다."

정필이 등을 내밀었으나 여자는 고집을 꺾지 않았다.

결국 정필은 혼자 강물을 뛰어넘어 가서 기다렸으나 강물 건너편에는 함박눈만 펑펑 내릴 뿐 아무리 기다려도 여자는 건너오지 않았다.

정필은 더 지체하다가 다른 브로커라도 마주칠 것이 염려되어 명옥 등을 먼저 데려다 놓기로 마음먹었다.

"애야, 너도 같이 가자."

"아니야요. 저는 어머니와 함께 가겠슴다."

소녀 혜주가 강물 건너편에서 시선을 떼지 않고 대답하는 바람에 정필은 김길우와 함께 명옥 등을 이끌고 눈보라를 뚫고 중국 쪽으로 향했다.

혜주는 잠시 뒤돌아보고는 명옥 등이 눈보라 속으로 사라지자 다시 물줄기 건너편을 바라보았다.

밤 10시 20분. 정필은 명옥 등과 함께 볼보에 도착했다.

오랫동안 시동을 꺼놓고 있었기 때문에 볼보 안은 냉장고나 다름이 없을 정도로 추웠다.

부릉…….

김길우가 시동을 켜고 히터부터 틀었다.

정필은 준비해 온 두툼한 파카를 명옥과 명옥 엄마에게 입히고 향숙이 끓여서 담아준 보온병의 뜨거운 생강차를 종이컵에 한 잔씩 따라주었다.

"터터우께선 안 드십니까?"

운전석의 김길우는 뜨거운 종이컵을 두 손으로 쥐고 후후 불면서 정필을 쳐다보았다.

"갔다 와야겠습니다."

"그 에미나이 속 썩이는구만요."

"문 잠그고 절대 차 밖으로 나가지 마세요."

정필은 단단히 일러두고 볼보에서 나와 다시 두만강으로 향해 달려갔다.

정필은 아까 북한 소년 병사 때문에 얼음 바닥에 놔두었던 세 번째 사내의 시체를 찾아냈다.

1시간 남짓 사이에 시체에는 눈이 수북이 쌓였고 동태처럼 꽁꽁 얼었다.

정필은 시체를 하류 쪽으로 끌고 가서 강물에 버리고 두 여자와 소년 병사가 기다리고 있는 상류 쪽으로 올라갔다.

"어머니, 어쩌면 좋습까?"

정필이 아까보다 더욱 거세게 쏟아지는 함박눈을 뚫고 거의 접근했을 때 혜주의 안타까운 외침이 들렸다.

"왜 그러느냐?"

"앗!"

정필이 뒤에서 불쑥 나타나며 묻자 혜주가 소스라치게 놀라서 주저앉으려는 것을 정필이 얼른 잡아주었다.

"아… 돌아오셨구만요, 선생님……."

정필을 보더니 혜주는 왈칵 울음을 터뜨렸다.

"선생님이 돌아오지 않을 줄 알았습다……! 고맙습다……."

혜주는 강물 너머를 가리켰다.

"어머니가 아직 건너오지 못했습다. 어쩌면 좋습까?"

정필은 대답 대신 훌쩍 물줄기를 건너뛰었다.

거센 눈발 속에 서 있던 여자와 북한 소년 병사는 정필을 발견하고 얼굴 가득 반가운 표정을 지었다.

"이 아수마이 쓸데없이 고집을 부려 가지고서리……."

소년 병사의 핀잔에 여자는 얼굴을 붉혔다.

"건너뛸 수 있을 것 같았는데……."

정필은 쓸쓸한 표정을 지었다.

"시간이 더 필요합니까?"

"아닙니다."

여자는 두 손을 앞에 모으고 정필에게 고개를 숙였다.

"부탁합니다."

정필은 등을 내밀었다.

"아까 업혔으면 우린 지금쯤 연길에 거의 도착했을 겁니다."

그런데 여자가 업히지 않아서 정필이 뒤돌아보니까 그녀는 오도카니 서서 입술을 잘근잘근 깨물고 있다. 방금 정필이 한 말 때문에 기분이 상한 것 같았다. 이런 상황에서도 성깔을 부리다니 자존심이 대단한 여자다.

"안 업힐 겁니까?"

"아주마이!"

정필이 허리를 펴고 소년 병사가 버럭 소리를 지르자 여자는 정필 뒤에 다가섰다.

"두 팔로 목을 감아요."

여자를 업고 일어서던 정필은 예상하지 못했던 그녀의 묵직한 중량감에 움찔 놀랐다.

정필이 알고 있는 북한 여자들 체중은 하나같이 40kg을 넘지 못했었는데 이 여자는 거의 50kg에 육박할 것 같았다.

여자의 키가 꽤 큰 편이기도 하지만 전혀 마르지 않고 오히려 온몸 곳곳에 살이 적당하게 올랐다는 사실을 정필은 느낄 수 있었다.

아마도 이 여자는 북한의 소위 선택받은 1% 특권층이라도 되는 모양이다.

정필은 천천히 뒤로 물러섰다. 명옥 등 다른 사람은 5m만 물러났다가 뛰었는데 지금은 10m 이상 물러나고 있다.

"많이 무겁죠?"

여자가 정필의 귀에 대고 말했다.

"그래서 그런 거야요."

자기가 무겁기 때문에 정필이 업고 건널 수 없을 것이라고 생각했다는 얘기다.

하지만 여자가 무거운 건 아니다. 키 165cm 이상에 50kg이면 적당한 체중이다. 다만 다른 북한 여자들에 비해서 무거운 것뿐이다.

정필은 옆에 서 있는 소년 병사에게 말했다.

"먼저 건너가서 혹시 내가 손을 내밀면 잡아주게."

소년 병사는 고개를 끄떡이고 눈보라 속으로 냅다 뛰어 곧

시야에서 사라졌다.

"꼭 잡아요."

말이 끝나자마자 정필은 보이지도 않는 강물 쪽을 향해 눈보라를 뚫고 전력으로 달리기 시작했다.

여태까지는 강물 훨씬 이전에서 여유 있게 도약을 했었지만 이번에는 최대한 얼음 끝까지 달려가서 도약을 해야만 하는 상황이다.

탁!

"이얍!"

정필은 기합까지 터뜨리면서 오른발로 힘껏 얼음을 박찼다.

그와 여자의 몸이 한 덩이가 되어 강줄기 위 허공을 날았다. 여자는 두 팔로 정필의 목을 꼭 안고 눈을 질끈 감았다.

쿵!

정필의 왼발이 강줄기 너머 얼음 끄트머리를 밟았다.

우직⋯⋯.

그런데 얼음이 깨지고 있어서 정필은 재빨리 오른발을 뻗어 조금 더 앞의 얼음 바닥을 내디뎠다.

하지만 왼발로 밟은 얼음이 꺼지는 중이라서 정필의 몸이 뒤로 젖혀지고 있다.

정필은 급히 오른팔을 앞으로 뻗으면서 동시에 여자가 떨어지지 않도록 왼손으로 엉덩이를 받쳤다.

탁!

대기하고 있던 소년 병사가 재빨리 손을 내밀어서 정필의 손을 잡아 앞으로 힘껏 당겼다.

쿵쿵쿵…….

정필은 소년 병사 옆을 스쳐 지나 걸음을 멈추었다.

"헉헉헉……."

여자는 눈을 뜨고는 자기가 무사히 건너왔다는 사실을 깨닫고 안도의 한숨을 내쉬었다.

"아아……."

정필은 여자를 내려주고 잠시 쉴 틈도 없이 중국 쪽으로 걸음을 옮겼다.

"갑시다."

소년 병사는 중국 땅이 시작되는 곳에서 걸음을 멈추고 정필을 바라보았다.

"조심해서 가기요."

정필은 지갑을 꺼내 인민폐 100위안짜리 10장을 소년 병사에게 내밀었다.

"이기 뭐임까?"

소년 병사는 놀라는 얼굴로 돈과 정필을 번갈아 쳐다보았다.

"반은 자네가 쓰고 나머지 바은 굶고 있는 사람들 먹을 걸 사주게."

정필은 지난번 무산에서 은애의 동네 오빠라는 양석철에게 5,000위안과 1,000달러를 주면서 지금하고 똑같은 말을 했었다.

소년 병사에겐 그렇게 큰돈은 주지 못하지만 정필은 그를 빈손으로 돌려보내고 싶지가 않았다.

소년 병사에게도 보탬이 되고 이곳 온성의 굶주린 사람에게도 무언가 조금이나마 도움이 되고 싶다는 것이 정필의 마음이다.

소년 병사는 더욱 놀란 얼굴로 정필을 한동안 쳐다보더니 이윽고 꾸벅 고개를 숙이고는 돈을 받았다.

"형님 말내로 하갔습니다."

정필은 '형님'이라는 호칭에 빙그레 미소를 지으며 소년 병사의 어깨를 두드리고는 몸을 돌려 볼보가 있는 곳으로 걷기 시작했다.

소년 병사는 정필과 모녀가 펑펑 쏟아지는 함박눈 속으로 사라질 때까지 지켜보다가 북한 쪽으로 달려갔다.

볼보에서 기다리고 있을 김길우와 명옥 등에게 별일이 없는지 마음이 급한 정필의 걸음은 점점 빨라졌다.

"학학학… 같이 가요! 선생님!"

혜주가 저만치 눈보라 속으로 사라지고 있는 정필을 다급하게 불렀다.

정필은 우뚝 서서 기다렸다가 양손으로 모녀의 손을 잡고 다시 빠르게 걸었다.

정필의 걸음이 워낙 빨라서 모녀는 거의 뛰다시피 해서야 겨우 보조를 맞추었다.

죽은 3명의 남자가 타고 온 승용차는 일제 도요타인데 그곳에 그냥 놔둘 수가 없었다.

정필이 도요타를 몰고 김길우가 운전하는 볼보 뒤를 따라가다가 도문대교 근처 대로변에 세우고 차 키를 꽂아두고는 지문이 남았을 만한 곳을 헝겊으로 깨끗이 닦았다.

"아마 동 트기도 전에 누가 몰고 가버릴 겁니다."

정필이 조수석에 타자 김길우가 볼보를 출발시키면서 싱긋 미소 지으며 장담했다.

만약 누군가 도요타를 몰고 가버린다면 실종된 용정의 인신매매범 3명에 대한 단서 하나가 멀리 사라지는 것이다.

정필은 뒷자리에 최대한 자리를 좁혀서 앉은 5명의 탈북자를 돌아보다가 명옥에게 손을 뻗었다.

"명옥이는 이리 와라."

명옥이 냉큼 일어나 조수석으로 와서 정필 무릎에 앉자 뒷자리는 조금 넓어지고 명옥이도 편해졌다.

"명옥이가 첫날에 와서 다행이다."

"우리 모두 오늘 밤이 오기만 기다렸습다."

정필의 말에 명옥이 신나서 종알거렸다.

"4일 기다리는 거이 4년 같이 지루해서리 약속을 더 빨리 잡지 않은 거를 후회했습다."

"그랬니?"

명옥은 뒷자리의 엄마와 남동생을 돌아보며 으스댔다.

"어마이, 명호야, 우리 정필 오라바이 정말 잘생겼지 않았습메?"

명옥 엄마는 미소 지으면서 얼굴을 붉히고 명옥이 남동생 명호가 고개를 끄떡였다.

"리영호보다 더 잘생겼습다."

김길우가 운전을 하면서 물었다.

"리영호가 누구니?"

"영화 '홍길동'하고 '줄기는 뿌리에서 자란다'에 나오는 배우 있습다. 우리 공화국에서 제일 잘생겼습다."

그런데 혜주 엄마가 정필의 뒷모습을 보면서 빨간 입술을 나풀거렸다.

"나는 리영호를 가까이에서 몇 번 직접 봤는데 아직까지 리영호보다 잘생긴 남자를 보지 못했습니다."

"흥! 우리 오라바이는 리영호보다 더 잘생겼고 키도 훨씬 더 큼다."

명옥이 코가 떨어질 정도로 콧방귀를 뀌었다.

차 안에서는 난데없이 정필과 북한 최고 미남 배우 리영호 둘 중에서 누가 더 잘생겼는지 작은 공방전이 벌어졌다.

폭설이 퍼붓는 바람에 두만강 양수촌에서 연길까지 평소 한 시간이면 오는 거리를 2시간이나 걸렸다.

정필은 뒷자리의 모녀를 돌아보았다.

"연길에 아는 사람이 있습니까?"

혜주 엄마는 어두운 창밖을 내다보며 대답했다.

"아무 데나 내려주세요."

"밤이 너무 늦었는데 오늘 밤은 우리 집에서 자고 내일 가는 게 어떻습니까?"

"내가 당신들을 어찌 믿습니까?"

혜주 엄마의 말에 비위가 확 상한 김길우가 룸미러로 그녀를 보며 목소리를 높였다.

"이보쇼! 우리 아니었으면 당신들 모녀 지금쯤 어케 됐을지 알기나 하는 거이오?"

"여기까지 데려다준 브로커비는 후하게 내겠습다."

"내 말은 그기 아이고, 당신들 안내하기로 했던 브로커들이 사실은 인신매매범이라는 걸 아는 거냐는 말이오?"

"……"

혜주 엄마는 놀라서 눈이 동그랗게 커졌다.

"그놈들 손에 걸린 여자들은 죄다 강간당한 다음에 떼놈들에게 팔려 갔단 말이오! 그렇게 당한 여자가 이제껏 자그마치 300명이오! 300명!"

김길우는 손바닥으로 핸들을 두드렸다.

"우리 아니었으면 지금쯤 당신들 둘 다 그놈들한테 실컷 강간당하고 있을 거라고!"

혜주 엄마뿐만이 아니라 혜주와 명옥이, 명옥 엄마까지 너무 놀라서 벌린 입을 다물지 못했다.

10초쯤 지난 후에 혜주 엄마가 목이 잠긴 목소리로 정필에게 물었다.

"그게 정말입니까?"

정필은 가볍게 고개를 끄떡였다.

"그렇습니다."

김길우가 퉁명스럽게 말했다.

"어디에 내릴 건지 말하기요."

"길우 씨."

"터터우, 저 여자가 우릴 믿지 못하겠다는데 뭘 사정을 하시는 겁까? 그냥 날래 내려주자요."

혜주 엄마가 전화를 걸 수 있는 곳에 내려달라고 해서 영실네 아파트로 가는 길 공중전화 앞에 볼보를 세웠다.

혜주 모녀가 내리자 정필도 따라 내려서 혜주 엄마에게 공중전화를 걸 수 있는 동전 몇 개를 건네주었다.

혜주 엄마가 배낭을 벗어서 안을 뒤적이다가 지폐 여러 장을 정필에게 내밀었다. 그런데 놀랍게도 100달러짜리 지폐로 6장이다.

"아까 얘기한 브로커비입니다."

"받지 않겠습니다."

정필이 정중하게 거절하자 혜주 엄마는 이해할 수 없다는 표정을 지었다.

"왜 받지 않습니까? 당신 브로커 아닙니까?"

"아닙니다."

혜주 엄마는 볼보 뒷자리를 가리켰다.

"저 사람들 브로커하는 거이 아닙니까?"

"아닙니다."

그래도 혜주 엄마는 믿지 않는 표정이더니 돈을 다시 배낭에 넣었다.

"받지 앙이 하겠다면 할 수 없디요."

북한에서 600달러면 굉장히 큰돈이다. 그런데 방금 북한에서 탈출한 여자가 정필에게 선뜻 600달러를 브로커비라면서 내밀었다는 것은 그녀가 북한에서 어떤 신분이었는지 궁금하게 만들었다.

슥―

"선생님."

그때 혜주가 작은 손으로 정필의 커다란 손을 잡고 크고 보석처럼 빛나는 눈으로 그를 올려다보았다.

"고맙습니다."

정필은 어린 혜주의 이 작은 행동과 말에 이들 모녀를 구해서 연길까지 데리고 온 보람을 느꼈다. 그는 혜주의 머리를 쓰다듬었다.

"혜주야, 오빠 전화번호 알려줄 테니까 혹시 무슨 일이 생기면 전화해라."

그러고는 평화의원 전화번호를 말해주었다.

혜주는 입속으로 몇 번이고 전화번호를 읊조렸다.

오래 지체할 수 없는 정필은 혜주 모녀를 폭설이 퍼붓는 거리에 놔두고 그곳을 떠났다.

정필이 명옥네를 데리고 영실네 아파트에 들어가자 한바탕 난리가 났다.

다들 명옥이 손을 잡고 명옥 엄마와 남동생 명호를 데리고 안방으로 우르르 몰려 들어가서 재회의 반가움과 새로운 식구를 환영하느라 법석을 떨었다.

그렇지만 정필은 거실에서 파랗게 독기가 오른 은애에게 붙잡혔다.

"오라바이 어째 이럴 수가 있는 겁까? 저를 떼어놓기로 작정을 했습까? 말 좀 해보시라요."

정필이 은애를 골방에 혼자 놔두고 나갔다가 이제야 돌아왔으니 화가 단단히 난 것이다. 그녀가 혼자서 얼마나 당황하고 기가 막혀하며 하루 종일 집 안에 있었을지는 보지 않아도 상상이 갔다.

정필은 은애 팔을 잡고 골방으로 이끌었다.

탁!

그는 방문을 안에서 잠그고 은애를 마주 보고 섰다.

은애는 두 주먹으로 정필의 가슴을 마구 때리면서 앙탈을 부렸다.

탁탁탁…….

"내래 죽는 줄 알았단 말임다. 어케 그럴 수가 있는 겁까?"

정필은 은애의 두 팔을 잡았다.

"은애 씨, 지금 또 나가봐야 됩니다."

은애는 정필의 표정이 심상치 않은 것을 발견하고 적잖이 긴장했다.

"무슨 일임까?"

그녀는 오늘 하루 종일 영실네 아파트 안을 오락가락하면서 자길 버려두고 간 정필을 내내 원망하고 있었지만 막상 정필의 긴장하는 얼굴을 보자 그에 대한 원망이 씻은 듯이 사라졌다.

"인신매매범들이 북한 여자들을 가둬놓은 장소를 알아냈습니다. 그녀들을 구하러 가야 합니다."

은애는 크게 놀라 눈을 동그랗게 떴다.

"옴마야… 몇 명임까?"

"17명입니다."

"하이고야……."

은애의 하얀 얼굴이 더욱 해쓱해졌다.

덜컥… 덜컥…….

그때 밖에서 은주가 문을 잡아당겼다.

"오라바이, 안에 계심까?"

정필은 은애를 급히 마주 안았다.

"이리 와요."

그는 은애를 가볍게 안아 올려서 배꼽을 맞추려고 하는데 잘되지 않았다.

두꺼운 가죽점퍼 때문이라고 생각한 그는 가죽점퍼를 벗고 다시 시도해서야 은애를 자신의 몸 안으로 사라지게 할 수 있었다.

척!

그가 문을 열고 나가자 은주가 껌처럼 찰싹 달라붙으면서 팔짱을 꼈다.

"오라바이, 뭐 했습까?"

은애는 은주가 정필에게 달라붙어 팔짱을 끼는 것이 자기한테 그러는 것처럼 느껴져서 마음이 포근해졌다.

"속옷 갈아입었다."

은주는 안방으로 가는 정필의 곁을 따라가면서 의아한 표정을 지었다.

"오라바이, 또 나가실 겁까?"

"급한 일이 있어서 나가야 한다."

정필은 안방에서 장중환 목사에게 전화를 걸어서 용정시의 모처에 인신매매범에 의해서 탈북녀 17명이 감금되어 있다는 얘기를 하고는 그녀들을 수용할 수 있는지 여부에 대해서 물었다.

정필의 말에 안방에 가득 모여 있던 여자들은 찬물을 끼얹은 것처럼 조용해졌다.

특히 일전에 박종태 등 인신매매범에게 붙잡혔다가 정필에 의해서 구조된 적이 있었던 향숙과 송화, 순임, 문지선, 선옥자, 명옥 등은 경악과 공포 때문에 얼굴이 하얗게 질려서 입도 벙긋하지 못했다.

장중환 목사는 새로 마련한 베드로의 집에 17명을 더 수용하게 되면 몹시 비좁을 테지만 일단 수용해 보겠다는 대답을 했다.

사실 장중환 목사로서도 지금 같은 상황에서는 달리 선택의 여지가 없다.

인신매매범들에게 감금되어 있는 탈북녀가 17명이나 되고 또 위험을 무릅쓰고 그녀들을 구해 오겠다는 정필 같은 사람도 있는데, 구해 온 탈북녀들을 수용하는 것조차도 할 수 없다는 것은 말이 되지 않는 일이다.

정필은 전화를 끊고 나서 책상다리를 하고 앉아서 묵묵히 전화기를 쏘아보았다.

탈북녀 17명을 수용할 곳은 마련됐는데 이제 그녀들을 구해서 태우고 올 소형 버스를 구하러 간 김길우의 연락을 기다리고 있는 것이다.

시계를 보니까 새벽 1시 45분이다. 이렇게 늦은 시간에 소형 버스를 구하는 일이 쉽지 않을 것이다.

은주와 영실, 향숙, 심지어 오늘 탈북한 명옥 엄마마저도 사태의 심각성을 느꼈는지 입을 꼭 다문 채 모두들 그를 주시하고만 있었다.

탈북녀 17명을 모두 태울 만한 수송 수단이 있어야지만 그녀들을 구하러 출발할 수가 있다. 이 엄청난 폭설 속에서 승용차 한 대로 몇 번이나 왕복하면서 그녀들을 구한다는 것은 불가능한 일이다.

용정에 감금되어 있는 탈북녀들이 어떤 상황에 처해 있는지도 알 길이 없고, 또 지금 이 시간에도 그녀들이 절망에 빠져서 속을 새카맣게 태우고 있을 것을 생각하면 마음이 너무도 초조하고 답답해서 견디기가 어려워 정필은 담배를 피우러 베란다로 나갔다.

"후우……."

"눈이 너무 많이 온다."

은애가 정필의 눈을 통해서 베란다 창밖의 밤하늘을 온통 가득 뒤덮은 채 내리고 있는 눈을 보면서 걱정했다.

"정필 오라바이, 뭘 기다리는 검까?"

은애의 목소리에 초조함이 뚝뚝 묻어났다. 정필은 소형 버스가 필요하고 김길우가 그걸 구하러 갔다고 설명했다.

"버스를 구하지 못하면 곤란하겠구만요."

은애는 정필보다 더 걱정이 늘어졌다.

탁탁탁—

"오라바이, 전화왔슴다."

은주가 달려와서 베란다 유리문을 두드리면서 급히 알렸다.

정필이 안방으로 달려 들어가자 영실이 긴장된 얼굴로 수화기를 건네주었다.

"터터우, 구하지 못했슴다."

그렇지만 수화기 너머에서 들려온 김길우의 착잡한 목소리에는 미안함이 가득했다.

정필은 김길우가 이 시간에 소형 버스를 구하는 일은 어려울 것이라고 짐작했었기에 크게 실망하지는 않았으나 갑자기 벼랑 끝에 내몰린 기분이 들었다.

"이리 오세요."

정필은 김길우에게 오라고 해놓고서 조금 전 베란다에서 담배를 피우던 중에 문득 생각난 사람에게 밑져야 본전인 셈 치고 전화를 해보기로 했다.

새벽 2시가 넘은 시간인데도 상대는 신호가 4번이 가기 전에 전화를 받았다.

─웨이.

"최정필입니다."

─아…….

상대, 즉 대한민국 안기부 연변 책임자 김낙현은 짧고 낮은 탄성을 토해내는데, 그 탄성 속에는 반가움과 궁금증, 긴장감이 고스란히 담겨 있는 것 같았다.

─무슨 일입니까?

"소형 버스가 한 대 필요합니다. 구할 수 있습니까?"

정필은 소형 버스가 필요한 이유에 대해서 설명해 주었다.

김낙현은 잠시 시간을 주면 자신이 버스를 구해보고 나서 전화를 하겠다면서 끊었다.

안방에 다시 심연처럼 깊고 무거운 적막이 찾아들었다.

10분이 지나도록 김낙현에게서 전화가 오지 않자 정필 옆에 앉은 영실이 조심스럽게 말문을 열었다.

"우리끼리 의논해 봤는데……."

수화기를 뚫어지게 주시하던 정필은 영실을 쳐다보았다.

"여기에서 대여섯 명쯤은 더 같이 있어도 될 것 같아. 베드로의 집이 비좁아서 어려우면 정필 씨가 몇 명쯤은 이리 데리고 오기요."

"알겠습니다."

따르르릉―

그때 전화벨이 울렸다. 김낙현에게는 이곳에 어떻게 전화해야 하는지 알려주지 않았다. 지금은 그럴 겨를이 없었고 그럴 필요도 없다. 정필은 전화벨이 한 번 울리자마자 재빨리 수화기를 집어 들었다.

―어디로 가면 됩니까?

김낙현은 소형 버스를 구했는지 어쨌는지 말도 하지 않고 대뜸 정필에게 어디로 가야 하는지부터 물었다.

정필은 수화기를 영실에게 건넸다.

"여기 위치를 설명해 주세요."

전화를 끊기 전에 김낙현이 정필에게 말했다.

―지난번 연길공안국에서 특별신분증 발급받은 사람 거기에 있습니까?

정필은 실내를 둘러보다가 은주 얼굴에 시선이 멈추었다.

"있습니다."

―그 사람을 데리고 가는 게 좋겠습니다.

"알겠습니다."

은주는 정필이 자기를 쳐다보면서 말하자 바짝 긴장했다.

―10분 내로 도착할 겁니다. 준비하세요.

김낙현과의 통화가 끝나고 정필이 수화기를 내려놓으면서 은주에게 말했다.

"은주야, 너도 같이 가자."

"네."

"지난번 특별신분증 있지? 그거 챙겨라."

"네, 오라바이."

은주는 인신매매범에게 감금되어 있는 탈북녀들을 구하러 정필과 같이 가게 된 것이 기쁘면서도 극도로 긴장해서 허둥거렸다.

정필은 은주하고 키와 체구가 비슷한 향숙에게 부탁했다.

"향숙 누님, 옷을 은주에게 빌려주십시오."

"알갔습다."

은주의 옷은 활동하는 데 불편해서 향숙의 스키니진과 짧은 파카를 빌려서 입혔다.

정필은 베란다 보일러실 천장에 올려놓은 작은 박스에서 박종태에게 뺏은 cz—75를 꺼내 총알을 뽑아 권보영의 회색 cz—75 탄창에 가득 채웠다.

"특별신분증 챙겼니?"

정필이 베란다에서 나오면서 다시 말하자 은주는 바지 주머니에서 빨간 지갑을 꺼내서 펼쳐 보였다.

"요기 있시오."

아파트 현관을 나온 정필과 은주는 바삐 계단을 내려가는데 은주가 그의 왼손을 꼭 잡고 긴장된 표정이면서도 한편으로는 소풍가는 아이 같은 얼굴로 물었다.

"오라바이, 용정은 멈까?"

"1시간이면 갈 거다."

"위험하지 않겠습까?"

두 사람은 거의 뛰다시피 큰길로 향했다.

"어쩌면 위험할 수도 있으니까 은주 너는 차에 있어야 한다, 알았지?"

"알았습다."

정필과 은주는 큰길 인도에 나란히 섰다. 눈이 너무 많이 와서 어디가 도로이고 어디가 인도인지 구분하는 것조차도 어려웠으며, 거리에는 차가 한 대도 다니지 않았다.

"춥지 않니?"

"안 춥습다. 오라바이하고 같이 있으면 하나도 안 무섭고 춥지도 않고 배도 고프지 않습다."

은주는 애정이 담뿍 담긴 눈빛으로 정필을 바라보았다.

정필이 은주 머리를 쓰다듬는데 은애가 조용히 중얼거렸다.

"오라바이, 우리 은주 정말 예쁘지 않습까?"

정필은 자신의 몸속에 은애가 있다는 사실을 새삼스럽게 깨닫고 은주 머리를 쓰다듬던 손이 뚝 멈춰졌다.

그러고는 문득 정필은 자신이 은애와 은주 둘 다 좋아하고 있다는 사실을 깨달았다.

정필에게 은애는 혼령이라는 생각이 조금도 들지 않았다. 그러므로 은애와 은주를 따로 구분해서 좋아한다는 생각도 해본 적이 없다.

그래서 지금 비로소 두 여자가 자매이며 자신이 둘을 다 좋아하고 있다는 사실을 깨닫고 조금 놀랐다.

그때 도로 건너 쪽에서 볼보가 달려와 크게 유턴을 하더니 정필과 은주 앞에 멈췄고, 김길우가 차에서 내리려고 하는데 그 뒤에 버스 한 대가 다가와 정지했다.

정필이 볼보 조수석 문을 열고 김길우에게 지시했다.

"길우 씨, 이 차 잘 대놓고 버스에 타세요."

덜컹!

버스 문이 열려서 정필이 은주를 먼저 올려 보내고 뒤따라서 타니까 뜻밖에도 운전석에 두툼한 파카를 입은 김낙현이 앉아서 정필에게 고개를 끄떡여 보였다. 정필은 김낙현이 직접 올 것이라곤 예상하지 못했었다.

김낙현은 은주를 힐끗 보더니 한마디만 물었다.

"특별신분증은?"

"갖고 있슴다."

김길우가 타자마자 버스가 출발했다. 아직 히터를 켠 지 얼마 되지 않아서 버스 안은 냉장고처럼 썰렁했다. 정필과 은주는 운전석 뒤에, 김길우는 통로 옆자리에 앉았다.

정필은 김낙현에게 버스를 어떻게 구했는지 묻지 않았다. 안기부 요원쯤 되면 아무리 늦은 시간이라도 버스 정도는 구하지 않을까 했던 정필의 짐작이 맞았다.

만약 버스를 구하지 못했더라면 정말 난감할 뻔했다. 어쩌면 용정에 감금된 탈북녀들을 구하는 일 자체가 불가능했을지도 모른다.

버스 타이어에 체인을 감은 탓에 심하게 덜컹거렸다. 그래도 체인을 감지 않으면 이런 폭설에 용정까지 가지 못하거나 갔다고 해도 버스가 미끄러져서 애를 먹을 것이다. 김낙현은 정필이 예상하는 것 이상으로 용의주도한 사람이었다.

정필은 김낙현이 용정 인신매매단에 대해서 물으면 어떻게 대답할 것인지, 아니면 그냥 침묵으로 일관할 것인지 궁리하고 있었지만 김낙현은 거기에 대해서는 아무것도 묻지 않았다.

"북한이 탈북자들 단속을 강화할 모양입니다."

그 대신 김낙현은 다른 얘기를 꺼냈다.

"함북에서 탈북자 수가 워낙 많이 불어나니까 조치를 취하려는 것 같습니다."

"국경 수비를 강화하는 겁니까?"

"그것도 그렇지만 탈북자들의 한국행을 저지하는 게 목적인 것 같습니다. 배급이 끊어진 상황에서 주민들이 자력갱생으로 연명하는 것까지는 어쩔 수 없지만 탈북자들이 한국으로 입국하는 수가 점점 늘어날수록 북한 정권에는 치명적이기 때문입니다."

"어떤 점에서 그렇습니까?"

남조선은 미국의 식민지이고 미국이 온갖 착취를 해서 남조선의 것들을 깡그리 미국으로 가져가기 때문에 남조선에는 굶어서 죽는 사람들이 거리마다 넘쳐 나고, 미국이 방해를 하기 때문에 북한과 남한이 통일을 이루지 못하는 것이라고 북한 주민들은 태어나면서부터 세뇌 교육을 받아왔다.

그런데 탈북자들이 대한민국에 입국하여 정착을 해서 살게 되면 그동안 북한이 처음부터 끝까지 온통 새빨간 거짓말을 주민들에게 세뇌시켰다는 사실이 백일하에 드러나게 될 것이다.

하지만 탈북자들이 대한민국에 정착을 해서 살아가면 그걸로 끝나는 게 아니다.

그들이 대한민국 정부로부터 집과 정착금을 받고 또 직장에 다니면서 생활이 안정되고 윤택해지면 북한에 두고 온 가족이나 친척들하고 무슨 수를 써서라도 연락을 취하고 또 경제적인 도움을 주려고 할 것이다.

그 과정에서 대한민국이 얼마나 잘 살고 또 자유가 보장된 나라인지 등의 구체적인 실상이 북한으로 흘러들어 갈 수밖에 없다.

저수지에 물을 가득 담아두고 두껍고 높은 둑을 쌓으면 물이 새지 않지만, 처음 둑에 개미구멍이 생기고 그것이 점점 커져서 쥐구멍이 되면, 그리고 그 쥐구멍이 수십, 수백 개로 불어나면 둑이 터지고 어느 한순간 저수지의 물이 걷잡을 수 없이 쏟아져 나올 수밖에 없게 된다.

"북한은 배급조차 주지 못하는 실정이라서 굶어 죽은 아사

자의 수가 이미 수십만 명에 이르고 있습니다. 그런 상황에 남조선이 북한하고는 비교도 할 수 없을 정도로 잘산다는 사실이 북한에 파다하게 퍼진다면 어떤 일이 벌어질 것 같습니까?"

정필은 고개를 끄떡였다.

"주민들의 대규모 북한 탈출이나 반란, 폭동 같은 것이 일어날 수도 있겠군요."

"그렇습니다. 그렇기 때문에 북한 정부는 그걸 사전에 막자는 겁니다."

가만히 듣고만 있던 은주가 뾰족한 목소리로 항의하듯이 물었다.

"무조건 막기만 하면 배급도 안 주면서리 인민들은 다 굶어 죽으란 말임까?"

김낙현은 씁쓸한 표정을 지었다.

"죽더라도 북한에서 죽으라는 거지요."

"개나발 같은 소리!"

"개나발 같은 소리!"

화가 난 은주가 빽 소리치는데 정필 속에서 은애도 똑같이 같은 톤으로 소리를 질렀다. 자매는 영적으로 통했다.

"이거 압니까?"

김낙현이 핸들을 두 손으로 움켜쥐고 전방을 뚫어지게 쏘아보면서 말했다.

"뭐말임까?"

"평양은 배급이 제대로 나온답니다."

"그런⋯⋯."

"북한 사람들에게 평양직할시는 꿈의 낙원 같은 곳입니다. 북한 사람 절대다수가 태어나서 죽을 때까지 평양에 한 번도 들어가 보지 못합니다. 평양은 북한의 성역이지요."

은주는 정필의 손을 꼭 잡고 차갑게 말했다.

"텔레비죤이 끝날 때 평양 시내 그림이 나오면서 '평양의 밤'이라는 노래가 나옴다. 내래 텔레비죤에서 본 평양이 북조선이 아이라 꼭 천국 같다는 생각이 들었다는 말임다. 그런 데서는 어떤 사람이 사는지 너무 부럽고 궁금했슴다."

"평양에는 핵심군중 이상의 신분만 거주할 수 있습니다. 단지 특별 케이스가 있는데, 북송재일교포인 귀국자입니다. 그들은 하층민에 속하는 '복잡한 군중'이지만 일본에서 계속 송금이 오기 때문에 로동당의 배려로 평양에서 살 수 있는 겁니다."

"평양은 배급이 나온다 그거이디요?"

"그렇습니다. 평양은 북한 전체 면적의 불과 1%에 인구는 전체 10%인 230만 명 정도지만 북한 로동당이 붕괴하지 않는 한 배급은 계속 지급될 겁니다. 평양이 무너지면 로동당도 무너지는 것이니까요."

화가 잔뜩 난 은주는 애꿎은 김낙현 뒤통수에 대고 싸늘하
게 쏘아붙였다.

"흥! 우린 장군님이 허구한 날 죄기밥에 쪽잠만 자는 줄 알
았시요! 게다가 잘 처먹어서 살이 찐 걸 갖고서리 우리 인민들
걱정하느라 병을 얻어서 장군님이 뚱뚱해진 걸로 생각해서
얼마나 걱정한 줄 암까?"

김낙현이 정필에게 해석해 줬다.

"주먹밥을 죄기밥이라 하고 쪽잠은 말 그대로 웅크려서 잠
자는 걸 말합니다. 북한에선 김정일이 어떻게 하면 인민들에
게 이밥과 고깃국을 배불리 먹이고 행복하게 살도록 할 수 있
을까 전국을 돌면서 걱정하느라 죄기밥을 먹고 쪽잠을 잔다
고 선전을 합니다."

급기야 은주는 너무 억울해서 눈물을 뚝뚝 흘렸다.

"인민들은 강냉이밥이라도 배불리 먹어보는 게 소원인데 장
군님은… 아니, 김정일 그 개새끼는 강냉이밥 냄새도 맡아본
적이 없을끼야요!"

제19장
죽음과 소녀

　연길에서 용정까지의 거리는 22㎞로 폭설이 내리고 있지만 40분 만에 도착했다.

　버스가 용정시로 들어설 때 도로 앞쪽에서 무장한 경찰 몇 명이 지키고 있는 게 보였는데 경찰이 버스를 향해 정지하라는 신호를 보냈다.

　"은주 씨, 앞으로 나와서 특별신분증 꺼내세요."

　버스가 멈추고 문이 열리자 2명의 무장 경찰이 차에 올라왔는데 김낙현이 유창한 중국어로 그들에게 말했다.

　"당서기가 발급한 특별신분증을 갖고 있습니다."

그 말에 경찰들의 행동과 표정이 경직됐다.

김낙현이 자신을 쳐다보자 은주는 미리 꺼내놓고 있던 특별신분증을 들고 경찰에게 다가가서 내보였다.

중국말을 한마디도 못하는 은주는 몹시 긴장했지만 특유의 대범함으로 태연하게 행동했다.

경찰은 플래시로 특별신분증을 비춰 보고 은주의 얼굴을 확인하고 나서 특별신분증을 돌려주고는 경례를 하더니 두말 없이 버스에서 내렸다.

텅!

버스 문이 닫히자 은주는 재빨리 정필 옆으로 돌아와서 허리를 꼿꼿하게 세우고 앉았다.

부웅!

버스가 경찰들을 지나쳐서 용정 시내로 한참 달리고 나서야 은주는 자세를 무너뜨리면서 정필에게 기대며 길게 한숨을 내쉬었다.

"하아… 내래 심장이 멈추는 줄 알았슴다……."

김낙현이 싱긋 미소를 지었다.

"중국 내에서, 특히 길림성 안에서는 당서기의 특별신분증이 대단한 위력을 발휘합니다. 아무도 못 건들지요."

버스가 용정 시내 한복판을 가로지르는 해란강 강북 쪽 강변도로를 따라서 상류를 향해 달릴 때 김낙현이 조용한 목소리로 말했다.

"정필 씨, 윤동주 압니까?"

"압니다."

대한민국 사람으로서 애국 시인 윤동주를 모르는 사람은 없을 것이다.

"윤동주 고향이 여기 용정입니다."

"아……."

그렇지만 시인 윤동주의 고향이 만주 용정이라는 사실을 알고 있는 사람은 많지 않으며 정필도 그중에 한 명이라서 조금 놀라는 표정을 지었다.

김낙현은 헤드라이트 불빛 속으로 함박눈이 펄펄 내리는 광경을 바라보며 물었다.

"윤동주 시 아는 거 있습니까?"

은주는 윤동주라는 시인이 존재한다는 사실조차도 몰랐으며, 학창 시절에 공부하고는 담을 쌓았던 김길우도 윤동주를 모르기는 매한가지다.

정필이 앞창 밖의 함박눈을 보며 중얼거렸다.

"죽는 날까지 하늘을 우러러 한 점 부끄럼이 없기를, 잎새에 이는 바람에도 나는 괴로워했다."

잠시 침묵이 흘렀다. 김낙현은 정필이 계속 읊어주기를 기대했고, 은주와 김길우는 시가 벌써 끝난 것인가? 하는 생각에 정필을 쳐다보았다.

"별을 노래하는 마음으로 모든 죽어가는 것을 사랑해야지. 그리고 나한테 주어진 길을 걸어가야겠다. 오늘 밤에도 별이 바람에 스치운다."

또 침묵이 흘렀다. 김낙현은 어떤 감회에 젖어 있고, 은주와 김길우는 시가 더 이어지기를 기다렸다. 하지만 정필의 얼굴을 보고 두 사람은 시가 끝났다는 사실을 깨달았다.

은주가 몹시 상기된 얼굴로 정필에게 물었다.

"방금 그게 뭐임까?"

"윤동주의 '서시'라는 시야."

"시라는 거이 뭔지는 모르겠는데 방금 그거이 정말 아름다웠슴다. 괜히 가슴이 막 떨리고 눈물이 다 남다."

김낙현은 룸미러로 정필을 쳐다보았다.

"만약 서시에 주인공이 있다면 그 사람은 아마도 최정필 씨일 겁니다."

정필은 쓸쓸한 미소를 지었다. 방금 그는 서시를 읊고 나서 '나도 그렇게 살아야겠다'라고 생각했기 때문이다.

김낙현이 왼쪽을 쳐다보며 말했다.

"지금은 어두워서 보이지 않지만 저 옆에 흐르는 강이 해란강입니다. 정필 씨, 뭐 생각나는 거 없습니까?"

"해란강……."

중얼거리던 정필은 갑자기 나직한 탄성을 터뜨렸다.

"아… 선구자."

"그렇습니다. 일송정 푸른 솔은 늙어 늙어 갔어도 한 줄기 해란강은 천 년 두고 흐른다, 라고 할 때 해란강이 바로 저 강입니다."

"아……."

"일송정 용정고개와 해란강 강변은 우리나라 독립투사들이 쉬어가던 곳이었답니다. 그 노래 선구자는 독립투사의 기상을 기리기 위해서 만들어졌다고 들었습니다."

"그렇군요."

김낙현이 쓰디쓰게 중얼거렸다.

"이 신성한 땅 어느 한구석에서 우리 동포 여자들이 고통을 당하고 있다는 겁니다."

그로부터 5분쯤 달렸을 때 차창 밖을 유심히 살피던 김길우가 한쪽 방향을 가리켰다.

"저기쯤일 겁니다."

택시 기사를 하면서 용정에 수없이 와봤던 김길우가 인신매매범들이 가르쳐 준 장소를 찾아내는 것은 그다지 어려운 일이 아니다.

그곳은 야트막한 언덕 중턱에 위치한 농장이었다. 해란강 강변에서 보니까 5채의 크고 작은 단층 건물이 사각을 이룬 채 띄엄띄엄 지어져 있으며, 농장 밖 사방은 온통 드넓게 펼쳐진 눈밭이었다.

"버스 돌려놓고 기다려요."

언덕 아래 강변도로에 멈춘 버스에서 김낙현과 함께 내리며 정필이 김길우에게 지시했다.

"오라바이, 다치면 안 되우다."

"터터우, 조심하십시오."

은주와 김길우는 정필에게서 시선을 떼지 못하고 당부했다.

정필과 김낙현은 무릎까지 푹푹 빠지는 캄캄한 언덕을 올라갔다.

어디가 길이고 어디가 밭인지 구별할 수 없지만 농장을 향해 일직선으로 걸었다. 눈이 너무 깊어서 도저히 달릴 수가 없다.

농장 마당에 세워져 있는 전봇대의 높은 가로등 불빛 하나만이 이 일대의 유일한 불빛이라서 그것을 목표로 삼아서 걸어가야 한다.

김낙현은 56세의 나이인데도 눈밭을 정필과 나란히 달리듯이 걸으면서 조금도 지치지 않았다. 대단한 체력이다.

"후우… 후우……"

그는 달리면서 파카 안주머니에서 권총을 꺼냈다. 소음기가 부착됐으며 정필이 얼핏 보니까 이태리제 베레타 같았다.

"권총 필요합니까?"

김낙현의 물음에 정필은 가죽점퍼 안에서 cz-75를 꺼내는 것으로 대답을 대신했다.

김낙현은 정필이 권총을 지니고 있는 것에 대해서도 일체 놀라지도 묻지도 않았다.

농장은 2m 높이의 조립식 담으로 둘러쳐졌고 입구는 철문이 굳게 닫혀 있었다.

강변에서는 농장 안이 보였는데 가까이에서는 담에 가려서 아무것도 보이지 않았다.

정필은 권총을 허리 뒤춤에 꽂고 철문 옆 담 위로 가뿐하게 올라선 다음에 김낙현을 향해 한쪽 팔을 뻗었다.

척! 휘익!

김낙현은 정필의 손을 잡더니 가볍게 훌쩍 담을 넘어 안으로 뛰어내리고 정필이 뒤이어 뛰어내렸다. 김낙현의 민첩함은 정필에게 뒤지지 않았다.

두 사람은 하나뿐인 흐릿한 전등불 아래에 담을 등지고 사방에 띄엄띄엄 늘어서 있는 5채의 단층 건물을 빠르게 훑어보다가 농장 위쪽에 있는 가장 큰 건물로 누가 먼저랄 것도 없이 달려갔다.

탈북녀 17명이 감금되어 있다면 아무래도 가장 큰 건물일 것 같기 때문이다.

꽤 넓은 농장에는 눈이 수북한데 발자국이 하나도 찍혀 있지 않은 걸 보니 아무도 없는 것 같았다.

두 사람이 달려간 건물은 전체를 철판으로 지었는데 입구는 철문 하나뿐이고 채워진 빗장에는 주먹만 한 자물쇠가 매달려 있었다.

정필이 철문 틈새로 안을 들여다보고 귀를 기울였지만 안이 캄캄해서 아무것도 보이지도 들리지도 않았다.

김낙현이 물러나라는 손짓을 하더니 자물쇠에 대고 베레타를 한 방 갈겼다.

투충! 쩌껑!

자물쇠에서 불이 번쩍이더니 고리가 맥없이 끊어졌으며 김낙현은 즉시 빗장을 벗기고 철문을 옆으로 밀었다.

그르릉…….

정필이 앞서 뛰어들고 김낙현은 철문 밖에서 주변을 경계하느라 들어오지 않았다.

악취가 확 풍겼는데 가축의 분뇨, 그중에서도 소똥 냄새가 숨이 막힐 것처럼 진동했다. 아마도 이곳은 소를 키우는 축사인 것 같았다.

정필은 갖고 간 길쭉한 플래시를 켜고 안을 비추면서 몇 걸음 걸이 들어갔다.

철문 안 양쪽으로는 파이프가 가로로 길게 쳐져 있으며 안쪽 바닥에는 소똥과 지푸라기가 범벅되어 질펀했지만 소는 한 마리도 보이지 않았다.

정필은 파이프 바깥쪽을 따라서 천천히 한쪽 방향으로 걸으면서 플래시로 앞쪽을 비췄다. 17명이나 되는 여자가 감금되어 있다면 이런 축사가 아니라 별도의 방일 것 같아서 그런 장소를 찾아보았다.

그렇지만 정필이 철문 양쪽을 끝까지 다 가보았지만 방 같은 것은 보이지 않았다. 이곳은 그저 축사일 뿐이었다.

밖을 경계하고 있는 김낙현이 안으로 상체를 디밀고 정필을 쳐다보았다.

"이상 없습니까?"

"네. 여긴……."

정필이 대답하면서 몸을 돌리려는데 축사 안쪽 구석에서 무슨 소린가 흐릿하게 들렸다.

정필은 소리가 들려온 방향으로 뛰어가면서 플래시로 축사 안쪽 구석을 비췄다.

"……!"

정필은 플래시 불빛에 드러난 광경을 발견하고는 놀라서 그

자리에 우뚝 멈췄다.

플래시의 동그란 불빛에 드러난 것은 몇 사람이 한데 모여서 지푸라기를 이불 삼아 덮고 웅크려 있는 모습이었다.

정필이 플래시를 이리저리 비춰보니까 그곳 구석에 많은 사람이 모여 있었다.

불빛이 눈부셔서 손으로 눈을 가리는 사람이 있지만 대부분 웅크린 채 누워 있었다.

"여깁니다."

정필은 김낙현에게 낮게 외치고는 파이프 사이로 몸을 숙여서 안으로 들어갔다.

그가 플래시를 비추며 다가가자 웅크려 있던 사람들이 부스스 일어나 그를 쳐다보았다.

정필이 가까이 다가가서 보니까 불빛에 비춰진 사람은 모두 여자였고 옷차림이 남루하기 짝이 없어서 한눈에도 탈북녀들이라는 것을 알아볼 수 있었다.

그래도 확인을 해야겠기에 정필은 가장자리의 한 여자 앞에 한쪽 무릎을 꿇고 앉아서 물었다.

"북조선에서 왔습니까?"

"……"

그러나 부스스한 머리에 지푸라기를 얹고 있는 스무 살쯤 된 여자는 겁먹은 얼굴로 정필을 바라볼 뿐 아무 말도 하지 않았다.

정필은 그녀를 안심시키기 위해서 플래시로 자신의 얼굴을 비추고 미소를 지어 보였다.

"당신들을 괴롭히던 자들은 내가 혼내주었습니다. 나는 당신들을 구하러 왔습니다."

그때 김낙현이 정필 뒤로 다가와서 다급한 목소리로 말했다.

"꾸물거리다간 중국 공안이 들이닥칠 거요. 서둘러야 하오. 어서 이 여자들을 데리고 여기서 나갑시다."

사실 그 말은 김낙현이 정필에게 한 것이 아니라 탈북녀들이 들으라고 한 것이다. 과연 그의 재치 있는 임기응변이 여자들을 움직이게 했다.

그녀들은 천천히 조심스럽게 움직이며 정필과 김낙현 주위로 모여들었다. 그렇지만 여전히 아무 말도 하지 않았다.

"걸을 수 있습니까? 300m쯤 가면 차가 있습니다. 거기까지만 가면 됩니다."

처음에 정필이 말을 걸었던 여자가 무슨 말인가를 하려고 입술을 오물거렸다.

"말해보세요."

"흐으으… 추… 춥… 습다……."

여자는 볏짚을 목까지 뒤집어쓴 모습인데 얼마나 추운지

말도 제대로 하지 못하고 몸을 와들와들 떨었다.

스슥—

정필은 여자에게서 볏짚을 벗겨내고 자신의 품에 깊이 안고 는 두 손으로 등과 어깨를 문질러 주었다.

"하아……."

뼈에 가죽만 입혀놓은 것 같은 여자는 처음에는 뻣뻣하게 몸을 경직시켰으나 잠시 후에는 그의 품에서 축 늘어지며 후 득후득 간헐적으로 몸을 떨었다.

"일어설 수 있겠습니까?"

"네……."

정필이 부축하자 여자는 기어드는 목소리로 말하고 끙! 소 리를 내며 일어서다가 다시 주저앉았다.

"아……."

"왜 그럽니까? 어디 아픕니까?"

"음……."

여자는 무릎을 꿇은 채 쪼그리고 앉아서 두 손으로 아랫배 를 지그시 눌렀다.

"오라바이, 강간당해서 그런 거 같슴다."

은애가 착잡한 목소리로 귀띔을 해주지 않았으면 정필은 죽 었다 깨어나도 여자가 왜 그러는지 몰랐을 것이다.

그렇지만 여자가 강간을 당해서 은밀한 부위가 아프다고

해도 정필이 지금 당장 어떻게 해줄 수 있는 게 없다.

"이름이 뭡니까?"

정필의 물음에 여자는 두 손으로 그의 팔을 잡고 힘겹게 일어서며 대답했다.

"으음… 상희야요……."

"상희 씨, 조금만 힘을 내서 걸어가면 됩니다. 할 수 있겠습니까?"

"네……."

상희는 간신히 일어나서 후들후들 떨리는 다리로 힘껏 버티고 섰다.

김낙현은 이미 여기저기 뛰어다니며 여러 여자를 독려해서 일으키고 있는 중이고, 정필도 일어나지 못하는 여자들을 부축해서 한 명씩 일으켰다.

정필은 설마 여자들이 바깥이나 다름이 없는 이런 곳에 버려지다시피 감금되어 있을 줄은 꿈에도 몰랐었다. 이럴 것이라고 손톱만큼이라도 예상했더라면 두툼한 옷이나 이불이라도 챙겨왔을 것이다.

이곳에 있는 사람은 전부 여자이고 지금처럼 혹독한 추위를 견딜 만한 옷을 입은 여자는 한 명도 없었다.

정필의 플래시 불빛에 구석 쪽에 볏짚이 불룩하게 솟아 있는 것이 비춰졌다.

그가 볏짚을 벗겨내니까 두 여자가 서로 마주 보는 자세로 웅크린 채 꼭 끌어안고 있었다.

그녀들은 주위가 소란스러운데도 그걸 못 느끼고 있으니 아마도 정신을 잃은 것 같았다.

"이봐요."

어깨를 흔들었으나 두 여자가 꿈쩍도 하지 않아 정필은 불길한 예감이 들었다. 그는 여자의 몸을 조금 더 세게 흔들면서 목소리를 높였다.

"정신 차리세요."

"으……."

그제야 한 여자가 아주 작은 신음 소리를 흘렸다. 플래시를 비춰보니까 비쩍 말랐으나 체구가 좀 큰 여자가 신음 소리를 내고 있었다.

그 여자가 자기보다 작은 체구의 여자를 안고 있는데 아마 모녀나 자매인 듯했다.

정필은 플래시를 바닥에 내려놓고 두 여자를 조심스럽게 일으켜서 앉혔다.

그런데도 큰 체구의 여자는 작은 체구의 여자를 꼭 안고 놓지 않았다. 마치 두 여자가 그렇게 붙어버린 것 같은 모습이었다. 영하 15도가 넘는 강추위에, 그것도 이런 축사에서 두 여자가 붙어 있으니 얼어버렸다고 해도 이상한 일이 아닐 것이다.

정필로서는 한 번도 본 적이 없는 누비 솜옷을 입은 두 여자의 몸은 장작개비처럼 깡말랐다. 또한 큰 체구의 여자는 가늘게 경련을 하고 있는데 작은 체구 여자는 꼼짝도 하지 않았다.

정필은 큰 체구의 여자에게서 작은 체구의 여자를 억지로 떼어놓았다.

"으으… 우리 딸… 유미… 상… 기… 사… 살아… 있습까……?"

정필에 의해서 차가운 벽에 기대어진 여자는 덜덜 떨리는 팔을 뻗으면서 더 떨리는 목소리로 겨우 더듬거렸다.

정필은 이제 겨우 12~13살 남짓으로 보이는 어린 소녀의 코에 손가락을 대보았다.

눈을 꼭 감은 채 미동도 하지 않는 소녀의 코에서는 숨결이 흘러나오지 않았다.

정필이 상체를 숙이고 소녀의 가슴에 귀를 대보았지만 심장 박동이 전혀 느껴지지 않았다.

젓가락처럼 앙상한 손목을 잡아 봐도, 목에 손가락을 대봐도 맥이 뛰지 않았다.

"빌어먹을……."

정필의 입에서 욕이 흘러나왔다. 그는 소녀를 품에 안고 소녀의 엄마 팔을 잡고 일으켰다.

"갑시다."

그러나 여자는 일어서지 못하고 주저앉았다. 그녀는 웅크려 앉아서 팔을 힘없이 흔들었다.

"유… 유미를… 살려주시오… 제발……."

마음이 급한 정필은 소녀만 안고 몸을 돌렸다.

"정필 씨."

정필이 입구로 달리려는데 김낙현이 다가왔다. 캄캄한 어둠 속에 그의 얼굴이 돌덩이처럼 굳어 있는 게 보였다.

"여자 둘이 얼어서 죽어 있습니다."

"……."

정필은 너무 놀라서 머리끝이 쭈뼛했다. 김낙현의 말이 사실로 받아들여지지가 않았다.

얼어서 죽다니, 그것도 두 명씩이나, 어떻게 그런 일이 있을 수 있다는 말인가.

김낙현이 정필 품속의 어린 소녀를 보더니 급히 그의 등을 떠밀었다.

"먼저 버스로 가요, 어서."

정필은 달렸다. 머릿속이 뻥 뚫려서 찬바람이 통과되는 것처럼 황량했다.

"씨팔……."

달리는 그의 입에서 욕이 저절로 흘러나왔다. 도대체 뭐가 잘못된 건가? 정필이 늑장을 부렸기 때문에 두 여자가 얼어서 죽었고 품속의 어린 소녀도 똑같이 얼어서 죽어가고 있는 것인가?

"이런… 씨팔……."

그는 실성한 것처럼 눈밭 위를 달리면서 누구에게인지 모를 욕을 토해냈다.

"으흐흑… 오라바이……."

정필 속에서 은애가 흐느껴 울고 있다. 은애는 정필만큼이나, 아니, 정필보다 더 가슴이 찢어지고 있을 것이다. 탈북녀들의 고통은 은애의 고통이다.

저만치 헤드라이트와 실내등을 모두 끈 버스가 강변도로 옆 공터에 괴물처럼 웅크리고 있는 게 보였다.

버스에서 내려 초조하게 기다리고 있던 은주가 구르는 것처럼 달려오고 있는 정필을 발견하고 마주 달려오며 외쳤다.

"오라바이!"

"문 열어라!"

은주는 정필이 안고 있는 소녀를 보고는 놀라서 앞서 뛰어가 버스 문을 열었다.

히터를 틀고 있어서 버스 안은 훈훈했다. 정필이 소녀를 맨 뒷자리에 길게 눕힐 때 은주는 서둘러 자신이 입고 있는 파카를 벗어서 소녀에게 덮었다.

정필은 파카 아래에서 소녀의 상의를 벗겼다. 제대로 단추가 풀어지지 않아서 마구 잡아 뜯었다.

투둑… 툭…….

소녀의 상체 맨살이 드러나자 그는 손바닥으로 소녀의 몸을 세차게 문질렀다.

마찰열을 일으키려는 것이다. 소녀의 몸이 얼음처럼 차가워서 그는 두 손바닥으로 얼음을 문지르는 것 같은 느낌이 들었다.

"은주야, 다리 좀 주물러라."

"네, 오라바이."

은주가 소녀의 다리 쪽으로 가서 부지런히 주물렀다.

소녀의 가슴과 배를 문지르는 정필의 손바닥에 앙상한 갈비뼈와 홀쭉한 뱃가죽이 만져졌다. 그리고 아주 조금 봉긋한 가슴과 꽃잎 같은 유두가 느껴졌다.

"오라바이……."

소녀의 하체를 부지런히 주무르던 은주의 떨리는 목소리를 듣고 정필은 문지르는 것을 멈추지 않은 채 고개만 돌려 돌아보았다.

"이거 피야요… 다 얼었시오."

놀란 얼굴로 내보이는 은주의 두 손바닥에 피가 잔뜩 묻었고 소녀의 바지 사타구니가 버석거리는데 그건 소녀가 흘린 피가 얼어버린 것이다.

"어으……."

정필의 입에서 한숨인지 신음인지 모를 소리가 흘러나왔다. 이렇게 어린 소녀를 강간한 들개 같은 사내들에 대한 분노보다는 그것을 고스란히 당하고 음부에서 피를 흘리면서 점차 온몸이 싸늘하게 식어갔을 소녀를 생각하니까 가슴이 미어지는 것 같았다.

"터터우, 여긴 우리에게 맡기고 어서 가보십시오."

버스 창밖을 내다보던 김길우가 정필을 재촉했다.

창밖으로는 저 멀리 농장 입구에서 탈북녀들이 비틀거리면서 나오는 모습이 보였다.

펵펵펵펵…….

버스에서 내린 정필은 다시 눈 속에 발이 푹푹 빠지면서 언덕을 달려 올라갔다.

저만치 50m쯤에서 여자들이 길게 줄지어서 눈 쌓인 언덕을 내려오고 있는 광경이 보였다.

펑펑 쏟아지는 함박눈 속에서 여자들은 눈이 쌓여 무릎까지 푹푹 빠지는 언덕을 내려오다가 엎어지고 주저앉았다가 일어서기를 반복했다.

정필은 쓰러진 여자들을 일일이 일으켜 주면서 농장으로 달려갔다.

그가 활짝 열린 농장 입구 근처에 이르렀을 때 어디선가 거친 남자의 목소리가 터져 나왔다.

"이 쌍간나들 뭬이야? 도망을 치는 기야?"

정필이 쳐다보니까 농장 아래쪽 단층 건물의 문이 열려 있고, 거기에서 나온 듯한 스웨터 차림의 사내 한 명이 손에 삽을 쥐고 여자들을 향해 뛰어오고 있는 게 보였다.

자신들을 향해 무서운 얼굴로 소리를 지르면서 뛰어오는 사내를 본 여자들은 겁에 질려서 흩어졌다.

정필은 흩어지는 여자들을 뚫고 사내에게 똑바로 걸어가면서 허리 뒤춤에서 권총을 뽑았다.

달려오는 사내는 한 여자를 표적으로 삼아 들고 있던 삽을 머리 위로 치켜들었다가 그 여자 옆에서 불쑥 나타난 정필을 발견하고 멈칫했다.

정필은 걸어가면서 사내에게 cz-75를 겨누었다. 그리고는 추호의 망설임도 없이 방아쇠를 당겼다.

투콱! 투확! 투콱!

"우왁!"

총알이 사내의 미간과 목 한가운데, 앙가슴에 연달아 명중됐지만 비명은 한 번만 터졌다.

퍼억!

사내는 상체가 뒤로 확 젖혀졌다가 쓰러졌다.

여자들은 정필이 권총으로 사내를 쏴 죽이는 광경을 보고서도 비명을 지르거나 놀라지 않았다.

아니, 외려 눈밭을 붉게 물들이면서 쓰러져 있는 사내를 싸늘한 표정으로 쏘아보았다. 저 사내도 여기에 있는 여자들 절반 이상을 강간했었다.

정필은 여자들 중에서 맨 마지막으로 유미 엄마를 안고 일어섰다.

유미 엄마는 두 팔을 가운데로 모으고 고개를 정필 어깨에 기댄 채 눈을 감고 있었다.

정필은 여자들이 모여 있던 축사 구석을 이리저리 세심하게 살펴보았다. 혹시 남아 있는 여자가 없는지 확인을 하려는 것이다.

살아 있는 여자는 유미 엄마가 마지막이었다. 그렇지만 이미 싸늘한 시신이 된 여자가 아직 둘 남아 있었다. 그녀들은 김낙현에 의해서 눈에 잘 띄는 곳에 나란히 반듯하게 눕혀져 있었다.

은애나 은주 또래의 나이인 듯한 두 여자는 숨이 멈춘 지 오래되지 않았는지 아직 살아서 곤히 잠들어 있는 것처럼 보였다.

정필은 그녀들 옆에 서서 물끄러미 굽어보았다. 과연 그녀들이 무슨 죄를 지었기에, 아니면 무슨 큰 잘못이나 실수를 했기에 이런 참혹한 죽음을 맞이해야만 했는지 정필로서는 알 길이 없다.

대한민국이나 다른 정상적인 나라에서는 아무리 패륜적인 죄를 저질렀다고 해도 사람을 이런 식으로 무참히 죽이지는 않는다.

정상적인 재판 과정을 거치고 변호사가 붙으며 죄인에게도 변론을 할 수 있는 기회가 주어진다. 또한 인권 단체들은 그 죄인에게도 인간으로서의 인권이 있다면서 사형을 면하게 해 달라고 탄원이 빗발친다.

그리고 실제 사형을 당하는 경우는 극히 드물며 사형이 집행된다고 해도 몇 년의 긴 세월이 흘러야만 한다.

그렇지만 정필 앞에 누워 있는 두 젊은 여자는 반인륜적이며 악독한 죄를 저지르지도 않았다.

이 여자들에게 죄가 있다면 두 가지다. 북한에서 태어났다는 것과 굶주림을 견디지 못했다는 것이다.

반인륜적이고 패륜적인 죄보다 더 큰 죄를 저지른 두 여자는 이렇게 차디찬 축사에서 강간을 당한 이후 굶주림과 추위에 떨다가 죽었다.

"개 같은……."

정필은 속에서 무언가 울컥 치밀어 올라 오만상을 찌푸리며 중얼거리다가 홱! 몸을 돌려 걸음을 옮겼다.

"북조선에는 저렇게 죽은 사람 많습다……."

은애가 촉촉하게 젖은 목소리로 중얼거렸다.

"우리는 어려서부터 죽은 사람을 하두 많이 봐서리……."

그녀는 아무렇지도 않다는 식으로 말하다가 갑자기 으앙! 하고 울음을 터뜨렸다.

"배고픈 거이 죄임까? 으흑흑……! 북조선에서 태어난 거이 죄란 말임까? 어흐흑……!"

"이… 씨팔놈의 세상……."

정필은 혀를 깨물 것처럼 중얼거리며 뛰어서 축사를 빠져나왔다.

뒤에서 죽은 두 여자의 혼령이 왜 이제야 왔느냐면서 악을 쓰며 원망하는 외침이 정필의 귀에는 똑똑히 들렸다.

'미안합니다… 정말 미안합니다…….'

정필의 눈에서 굵은 눈물이 뚝뚝 떨어졌다.

농장을 나선 정필은 유미 엄마를 업으려다가 그녀가 너무 추울 것 같아서 조금이라도 바람을 막아주려고 품에 깊이 안았다.

"자면 죽습니다. 눈 떠요."

정필은 자신의 가슴에 뺨을 대고 자꾸만 잠에 빠져드는 유미 엄마를 일깨웠다.

"고향이 어디냐고 물어보기요."

은애의 말에 정필이 물었다.

"고향이 어딥니까?"

유미 엄마가 실눈을 뜨고 간신히 대답했다.

"회령… 이야요."

정필은 반갑게 말했다.

"할머니하고 작은아버지께서 회령에 사십니다."

유미 엄마는 감기려는 눈을 힘주어 떴다.

"회령 어딤까?"

"오산덕입니다."

"아……."

"오산덕을 압니까?"

유미 엄마는 희미하게 미소 지었다.

"북조선에서 오산덕을 모르는 사람은 없슴다."

"그렇습니까?"

은애가 설명해 주었다.

"김정숙 어머니께서 태어나신 곳이 오산덕임다. 아… 김정숙은 김일성 수령의 부인임다."

"우리 유미… 살았습까?"

"……."

유미 엄마의 물음에 정필은 대답할 말이 없어서 묵묵히 걷기만 했다.

"우리 유미… 인자 13살임다. 좋은 세상 한번 보여주지도 못하고… 태어나서 여태껏 뭐 하나 변변하게 해주고 먹이지도 못해서리… 그거이 너무 미안함다……. 어찌 지지리 복도 없이 우리 같은 부모한테서 태어나 갖고서리……."

정필은 은애가 눈물을 흘리고 있는 것을 느낄 수 있었다. 소리를 내서 울지 않지만 가슴이 축축했다.

"유미 아바이는 군대 나가 있습다……. 벌써 3년 넘게 소식도 없슴다… 죽었는지 살았는지……. 군대도 배급이 안 나와서리 죽어나가는 군인이 천지라고 함다……."

유미 엄마는 눈을 감았지만 정필은 그녀더러 눈을 뜨라고 하지 못했다.

"집에 있으면 굶어 죽을 거 같아서리 두만강을 건넜는데… 허약(영양실조)에 걸려서 움직이지도 못하는 딸아이를 그 늑대 같은 사내들이……."

유미 엄마가 장작개비 같은 몸을 부들부들 떨었다.

"내하고 딸아이가 나란히 누워서리… 그놈들한테 당했단 말임다……. 움직일 힘도 없는 유미가 무섭다면서 나를 보고

우는데… 내는… 아무것도 해주지 못했습다……."

"으흐흐흑……!"

은애가 참지 못하고 울음을 터뜨렸다.

정필은 차갑고 더러운 축사 바닥에 유미와 엄마가 나란히 누워서 사내들에게 강간을 당하는 모습이 상상되어 미쳐 버릴 것만 같았다.

어떻게 그런 일이 사람 사는 세상에서 일어날 수 있다는 말인가. 13살 어린 딸이 자신의 옆에서 강간을 당하는 모습을 보면서도 아무것도 해주지 못하는 어미의 마음은 또 얼마나 찢어졌겠는가.

유미 엄마는 간신히 눈을 뜨고 정필을 바라보았다.

"이렇게 될 줄 알았으면 그냥 집에서 굶어서 죽는 거인데 괜히 왔습다……."

"유미 어머니……."

"나중에 우리 나그네 제대하고 집에 오면은… 누가 반겨줄 거인지……."

정필은 눈을 꼭 감은 유미 엄마 뺨으로 눈물이 흘러내리는 것을 굽어보면서 가슴이 시렸다.

그때부터 버스에 도착할 때까지 유미 엄마는 아무 말도 하지 않았다.

군대 나간 유미 아버지가 집에 돌아오면 정말 어떤 심정이 될지 정필로서는 상상하는 것조차 두려웠다.

올 여름에 특전사에서 하사로 전역한 정필이 집에 돌아왔을 때 만약 가족이 아무도 없다면 어떤 심정이 될까.

아마도 그것의 곱하기 백 정도가 유미 아버지가 느끼는 절망일 것이다.

정필은 버스에 오르기 전에 유미 엄마를 한 번 더 굽어보았다. 깡마르고 까칠한 뺨에 눈물이 흘러 있으며 얼굴에는 슬픈 표정이 칼로 새긴 것처럼 떠올라 있었다.

그런데 문득 정필은 이상한 느낌이 들어 고개를 숙이고 그녀를 불러보았다.

"유미 어머니."

유미 엄마는 눈을 뜨지 않았고 움직임도 없었다.

정필은 고개를 더 숙여서 그녀의 코에 귀를 가까이 댔다.

숨소리가 들리지 않았고 숨결도 느껴지지 않았다.

"오라바이……."

은애가 잔뜩 겁먹고 조심스럽게 정필을 불렀다.

정필은 심장이 툭! 하고 땅으로 떨어지는 느낌이 들었다. 조금 전까지만 해도 그에게 안겨서 숨을 쉬면서 슬프게 하소연을 하던 유미 엄마가 이제는 죽었다는 게 현실처럼 여겨지지 않았다.

아직 제대로 확인하지는 않았지만 아무래도 유미 엄마는

죽은 것 같았다.

정필이 버스에 올라가서 보니까 컴컴한 버스 앞쪽에 탈북녀들이 겁에 잔뜩 질린 표정으로 옹기종기 모여서 앉아 두리번거리고 있었다.

김낙현이 한 여자를 부축해서 자리에 앉히고 다시 입구로 걸어 나왔다.

"김길우 씨, 나하고 같이 갑시다."

김낙현과 김길우는 운전석 옆에 우두커니 서 있는 정필과 그가 안고 있는 유미 엄마를 번갈아 쳐다보더니 착잡한 표정을 지으며 말없이 버스에서 내렸다.

정필이 쳐다보니까 버스 맨 뒷자리에서 은주가 누워 있는 유미를 주무르고 문지르면서 울고 있었다.

"어서 깨어나라이… 이렇게 죽으면 안 된다이… 이 간나새끼… 빨리 눈 뜨지 못하겠니……?"

정필은 묵묵히 걸어가서 누워 있는 유미 머리맡에 앉아 유미를 굽어보았다.

은주의 빨간 파카를 덮고 있는 유미의 얼굴은 흰 분칠을 한 것처럼 창백했다.

"어흐흑… 어서 눈을 떠보란 말이다… 너래 억울해서 어케 죽는다는 말이니? 어이? 제발 눈을 떠보기요… 이 간나새끼야… 으흐흐흑!"

은주는 실성한 것처럼 유미를 어루만지고 쓰다듬으면서 흐득흐득 흐느껴 울었다.

"오라바이……."

넋을 잃고 앉아 있는 정필 속에서 은애가 울면서 말했다.

"유미 엄마가 인사하고 있슴다."

정필은 그게 무슨 말인지 알아듣지 못했다.

"유미 엄마 혼령이 오라바이 앞에 서 있슴다."

혼령인 은애의 눈에는 조금 전에 죽은 유미 엄마의 혼령이 보이는 모양이다.

"유미를 잘 부탁한다고 말하고 있슴다."

"유미를?"

정필은 급히 유미를 굽어보았다. 여전히 눈을 꼭 감은 깡마르고 까칠한 얼굴이다.

그렇지만 유미의 혼령은 아직 몸에서 빠져나오지 않은 모양이다. 혼령이 됐다면 엄마하고 나란히 서 있을 것이다. 그것은 아직 유미가 죽지 않았다는 뜻이다.

"오라바이, 유미 엄마를 한번 잘 보기요."

정필은 고개를 들어 눈을 껌뻑거리면서 앞을 보았다. 그는 자신의 눈이 아니라 은애의 눈을 통해서 유미 엄마의 혼령을 보려고 노력했다.

그의 앞쪽 통로에는 아무것도 없었는데 갑자기 흐릿한 빛의 무더기가 생겨나는 것 같더니 투명한 모습의 유미 엄마가 스르르 나타났다.

정필은 자신이 안고 있는 유미 엄마와 눈앞에 서 있는 부윰한 빛 속의 유미 엄마를 번갈아 쳐다보았다.

유미 엄마는 슬픈 얼굴로 정필을 바라보면서 말했다.

"우리 유미를 잘 부탁한다."

정필은 일어나서 유미 엄마를 바라보며 고개를 끄떡이는데 그도 모르게 눈물이 흘렀다.

"유미는 내가 친동생처럼 아끼고 사랑할 겁니다. 편히 가세요, 유미 어머니."

앞쪽에 앉아 있는 탈북녀들 눈에는 유미 엄마가 보이지 않지만, 정필이 무슨 말을 하는지는 알아차렸다. 그녀들은 유미 엄마가 죽었으며 정필이 유미 엄마의 혼령하고 대화를 하는 것이라고 생각했다.

유미 엄마가 두 손을 앞에 모으고 공손히 고개를 숙이자 정필도 마주 고개를 숙였다.

그리고 잠시 후에 정필이 고개를 들었을 때 유미 엄마의 모습은 보이지 않았다.

정필은 유미 엄마를 유미 머리맡에 조심스럽게 눕히고 은주를 쳐다보았다.

"은주야, 유미 죽지 않았다. 부지런히 주물러 줘라."

"네에?"

은주는 눈물범벅의 눈을 커다랗게 떴다가 또 다른 의미의 눈물을 왈칵 쏟으면서 대답했다.

"알았슴다, 오라바이. 이 아이는 제가 꼭 살릴 거임다!"

버스에서 내린 정필은 농장으로 뛰어갔다.

김낙현과 김길우는 축사에서 얼어 죽은 두 여자를 한 명씩 안고 내려오는 중이다.

정필은 자신이 권총을 3발이나 쏴서 죽인 사내의 시체를 담을 자루나 끈 따위를 찾으려고 사내가 나왔던 농장 아래쪽의 건물로 갔다.

열려 있는 문을 통해서 들어가 보니까 뜻밖에도 잘 꾸며진 살림집이고 방 두 칸에 부엌까지 딸려 있는데 실내가 매우 훈훈했다.

그리고 어느 방에는 소파까지 있는데 그 앞 테이블에 양주병이 어지럽게 놓여 있었다.

납치해 온 여자들이 냉동실 같은 축사에서 얼어서 죽는 동안 이놈들은 이렇게 따뜻한 곳에서 흥청망청 지냈던 것이다.

정필은 자루로 쓸 만한 것들을 찾느라 여기저기 뒤지다가 장롱 안에서 검은색의 보스턴백 하나를 찾아냈다.

지익!

아무 생각 없이 지퍼를 열었는데 그 안에는 뜻밖에도 돈다발이 가득 담겨 있었다.

그런데 순전히 100달러짜리 묶음인데 대충 세어봐도 200개 이상일 듯했다.

정필은 창고에서 어렵사리 자루를 찾아서 거기에 죽은 사내의 시체를 집어넣어 주둥이를 끈으로 묶어 들쳐 메고 보스턴백을 들고 버스로 내려왔다.

"여기에 넣읍시다."

덜컹!

여자 시신을 버스에 싣고 기다리고 있던 김낙현이 버스 화물칸을 열었다.

"이 시체는 내가 처리하겠습니다."

김낙현은 화물칸 문을 닫으면서 정필에게 말했다.

정필은 고개를 끄떡이고는 김낙현에게 들고 있던 보스턴백을 열어 보였다.

"자루를 찾다가 장롱에서 발견했습니다."

웬만해서는 놀라지 않는 김낙현이지만 이때만큼은 적잖이 놀라는 표정을 지었다.

그는 보스턴백 안의 돈다발을 한번 뒤적여 보더니 진중한 얼굴로 중얼거렸다.

"이 정도면 적어도 200만 달러 이상은 되겠습니다."

"인신매매를 해서 이렇게 많이 벌 수 있습니까?"

김낙현은 고개를 가로저었다.

"이놈들… 아마 밀수를 하는 것 같습니다."

"밀수……."

"길림성에는 북한하고 밀수하는 자가 아주 많습니다. 이 정도 거액을 갖고 있다면 백 퍼센트 북한하고 밀수를 하는 게 분명합니다."

슥—

정필이 보스턴백을 김낙현에게 내밀었다.

"갖고 가십시오."

김낙현은 움찔 놀라는 표정을 지었다가 빙그레 웃었다.

"최정필 씨처럼 욕심 없는 사람 처음 봅니다."

"욕심이 없는 게 아니라 나보다 김낙현 씨에게 이 돈이 더 필요할 것 같아서입니다."

김낙현은 엷은 미소를 지었다.

"안기부가 범죄에 사용된 돈을 비용으로 사용할 정도로 타락하진 않았습니다."

김낙현이 손가락으로 보스턴백을 가리켰다.

"그리고 이런 걸 상부에 보고하면 어떻게 하라고 할 것 같습니까?"

"어떻게 합니까?"

"소각하라는 명령이 내려옵니다. 백 퍼센트."

김낙현의 미소가 짙어졌다.

"내 생각에는 이 돈을 소각하기보다는 최정필 씨가 탈북자들을 위해서 사용하는 게 좋을 것 같군요."

"하참……."

김낙현이 정필의 어깨에 손을 얹었다.

"나는 이걸 못 본 겁니다."

제20장
떠도는 별무리

　미리 전화를 받은 강명도는 평화의원 문을 열어두고 기다리고 있다가 정필을 맞이했다.

　"여기 눕히게."

　정필이 안고 온 유미를 진찰실 침대에 눕히자 강명도는 즉시 그녀를 살펴보기 시작했다.

　"시신은 어떻게 할까요?"

　정필의 말에 경미가 대답했다.

　"입원실에 자리를 마련해 놨어요."

　정필은 김길우와 함께 유미 엄마와 2명의 여자 시신을 평화의원 입원실로 옮겼다.

정필은 이곳에서 오래 지체할 수가 없기 때문에 유미와 시체 3구를 강명도에게 맡기고 버스로 돌아갔다.

정필은 베드로의 집 근처에 탈북녀 9명을 내려주었다.

전화를 받고 기다리고 있던 장중환 목사와 2명의 여자가 탈북녀들을 인솔하여 베드로의 집으로 향하는 모습을 보고 정필 일행은 다시 영실네 아파트로 출발했다.

용정 농장 축사에 갇혀 있던 탈북녀는 모두 17명이었지만 유미 엄마를 비롯한 3명이 죽었고 14명이 남았다.

정필은 영실네 아파트 근처 대로에 탈북녀 4명을 데리고 은주, 김길우와 함께 내렸다.

정필은 운전석에 앉아 있는 김낙현을 쳐다보았다.

"고맙습니다."

정필이 쉽게 고마움을 표시하지 않는 성격이라는 것을 짐작한 김낙현은 빙그레 사람 좋은 미소를 지었다.

"오늘 교환하기로 했습니다."

김낙현의 사위와 북한 보위부 상위 권보영을 오늘 교환한다는 얘기다.

"잘됐군요."

"그 친구 돌아오면 같이 한잔합시다."

"그리죠."

정필은 고개를 끄떡이고 한 발 물러섰다.

덜컹!

버스 문이 닫히고 출발하는 것을 보고 나서 정필은 돌아서서 김길우에게 말했다.

"길우 씨, 오늘 고생 많았습니다. 가서 쉬세요."

"제가 더 할 일은 없겠슴까?"

"한숨 자고 이따가 이사나 잘하세요."

김길우는 정필에게 꾸벅 허리를 굽히고 나서 볼보를 주차해 놓은 곳으로 뛰어갔다.

정필은 용정 농장 축사에서 제일 먼저 마주쳤던 상희를 비롯한 4명을 데리고 영실네 아파트로 향했다.

"정필 씨!"

아파트 현관문을 열어준 향숙은 기절할 것처럼 기쁜 표정을 지으며 나직하게 외쳤다.

"들어갑시다."

정필은 은주와 여자들을 다 들여보내고 나서 안으로 들어가 문을 닫았다.

거실에는 영실네 아파트에 거주하고 있는 모든 여자가 모여서 환한 표정으로 상희를 비롯한 4명의 새 식구를 맞이했다.

정필은 들고 있던 보스턴백을 자신의 골방에 던져 넣고 모두를 데리고 영실이 누워 있는 안방으로 들어갔다.

정필이 이불에서 일어나 앉은 영실 옆에 앉자 모두들 정필을 중심으로 둥글게 원을 형성하고 앉았다. 원래 있던 11명에 새로 온 4명, 그리고 정필과 영실까지 17명이 서로 몸을 붙이고 빼곡하게 모여 앉았다.

"다녀왔습니다."

정필은 그렇게 말문을 열고나서 용정에서 있었던 일을 간략하게 설명했다.

17명의 탈북녀가 농장 축사에 갇혀 있었던 것과 그중에서 3명이 얼어서 죽었다는 것, 그리고 한 명은 평화의원에 있으며, 9명은 베드로의 집에, 그리고 4명을 이곳으로 데려왔다는 얘기를 5분에 걸쳐서 짤막하게 했다.

그가 얘기하는 동안 옆에 앉은 은주는 고개를 숙이고 눈물을 뚝뚝 흘렸다.

그녀는 용정의 농장에서 있었던 상황을 직접 눈으로 보고 겪었기 때문에 그때 상황이 생각나서 슬픔을 참을 수가 없었다.

용정 농장 축사의 탈북녀 중에서 3명이 얼어서 죽었다는 말에 한동안 무거운 침묵이 흐르더니 여자들은 누가 먼저라고 할 것도 없이 고개를 숙이고 흐느껴 울기 시작했다.

죽은 3명의 여자가 어떤 상황에서 죽음에 이르렀을지 상상을 하니까 저절로 울음이 터져 나왔다.

정필 뒤쪽에 앉은 향숙이 눈물을 흘리면서 그의 등을 부드럽게 쓰다듬었다.

"정필 씨, 애 많이 잡쉈습다."

"그래. 정필 씨가 고생많았구마이."

영실이도 눈물을 흘리면서 정필의 커다란 손을 잡고 격려해 주었다.

정필은 어두운 얼굴로 중얼거렸다.

"잘한 거 없습니다. 3명이나 데려오지 못했는데……."

여자들은 눈물을 흘리면서 두 손을 젓고 고개를 흔들면서 정필을 위로했다.

"그런 말씀 하지 말기요. 정필 오라바이 아니었으면 3명이 아니라 다 죽었을 겁다."

"정필 선생님이 미카엘 천사라는 목사님 말씀이 참말로 맞습다……! 우리한테 선생님은 하나님보다 더 훌륭한 분임다……!"

그렇지만 그녀들의 그런 위로의 말들은 정필의 귀에 한마디도 들어오지 않았다. 그저 그의 가슴속에는 축사에서, 그리고 그의 품에서 죽은 세 여자의 슬픈 잔재만 깊게 각인되어 있었다.

오늘 새로 온 상희와 3명의 젊은 여자는 또 다른 의미의 눈물을 흘리면서 방바닥에 엎드려 정필에게 절을 했다.

"저희를 구해주서서 고맙습다, 선생님."

"우리들 목숨은 선생님이 다시 주셨습다."

정필은 상희들에게 고개를 들게 하고 온화한 미소를 지으며 말했다.

"먼저 와계신 분들과 얘기를 해보고 나서 앞으로 어떻게 할 것인지 정하도록 하십시오."

정필은 일어나서 베란다로 나가 담배를 한 대 피웠다.

창문을 열고 담배를 깊이 빨았다가 담배 연기를 뱉어내자 은애가 촉촉한 목소리로 말했다.

"담배가 맛있다이 별일임다."

은애는 정필 때문에 애연가가 돼가고 있는 중이다.

"오라바이, 저 좀 빼주기요."

정필이 자기 방에 들어가자 은애가 뒤척이면서 말했다.

정필은 푸시업을 해서 은애를 꺼냈다.

"아아……."

은애는 방바닥으로 툭 떨어졌다가 똑바로 일어나 앉았다.

정필은 방구석에 개어놓은 이불을 깔고 나서 입고 있던 옷들을 훌훌 벗고는 불을 끄고 이불 속으로 들어갔다.

"징필 오라바이 오늘 정말 애 많이 썼습다. 푹 자기요."

"은애 씨는 안 잘 겁니까?"

"잘 겁다."

"들어올래요?"

"네."

정필은 자기 몸속으로 들어오라는 얘기고, 은애는 이불 속으로 들어오라는 얘기로 알아들었다.

은애가 이불 속으로 들어오자 정필은 그녀를 몸속에 넣으려고 안아서 자신의 배 위에 올렸다.

"오라바이한테 들어가지 않을 겁다."

은애는 몸을 뒤채면서 그의 오른쪽으로 내려와 누웠다.

은애는 정필의 몸속에 들어가야지만 그가 느끼는 것을 그대로 느낄 수 있으나 몸 밖으로 나오면 인간이 느낄 수 있는 것들을 전혀 느끼지 못한다.

조금 전까지 정필의 몸속에서 있으면서 피곤이 몰려왔던 은애는 몸 밖으로 나오는 순간 피곤은 물론이고 아무것도 느끼지 못하게 되었다.

"오라바이 피곤하실 텐데 날래 자기요."

"우움… 자야겠습니다."

정필은 은애에게 오른팔을 내주어 팔베개를 해주고는 눈을 감았다.

은애는 똑바로 누워서 눈을 깜빡이면서 천장을 말끄러미 바라보았다.

오늘 용정의 농장에서 있었던 일들이 하나씩 영화의 장면처럼 그녀의 눈앞에서 흘러갔다.

그러고는 지난달 21일 도문에서 화교 장사꾼 청강호의 트럭을 타고 북한으로 들어갔다가 어제 무산에서 다시 정필을 만날 때까지 12일 동안 그녀가 겪었던 일들이 새록새록 떠올랐다.

"오라바이."

"으응……."

그녀가 부르자 정필은 잠결에 신음 소리처럼 대답했다.

"제가 무산에 있는 줄 어케 알았습까?"

"으음… 은애 씨가 무산 두만강 가에서 울고 있는 꿈을 꿨습니다……."

"그랬구만요."

은애는 자신과 정필이 그 무엇으로도 끊을 수 없는 강하고 질긴 인연으로 이어졌다는 사실을 다시 한 번 확인하고 마음이 흐뭇해졌다.

딸깍…….

그때 방문이 열리고 누군가 안으로 들어오더니 문을 닫았다.

온에는 방에 들어온 사람이 은주라는 걸 발견하고는 깜짝 놀라서 몸이 굳었다.

영실의 트레이닝복 바지에 반팔 티셔츠를 입은 은주는 무릎을 꿇고 앉아서 바닥을 더듬거리면서 자고 있는 정필을 만져보더니 이불 속으로 들어와 그의 옆에 누웠다.

정필의 오른팔을 베고 누워 있던 은애는 은주가 오른쪽으로 누우려고 하자 깜짝 놀라 얼른 정필의 몸을 넘어가 그의 왼쪽에 누웠다.

은주는 조금 전까지 은애가 누웠던 정필의 오른팔 팔베개를 베고 그를 향해 옆으로 누워서 손을 그의 가슴에 얹더니 한쪽 다리까지 그의 몸, 그러니까 하체에 얹었다.

은애는 그대로 가만히 누워 있다가 잠시 후에 고개를 살짝 들고 은주를 바라보았다.

은주는 정필의 어깨를 베고 눈을 꼭 감았는데 고른 숨소리를 새근새근 내고 있었다.

은애는 정필의 왼팔을 당겨서 팔베개를 하고 은주를 바라보았다. 그렇게 하니까 고개를 들지 않아도 은주의 얼굴이 두 뼘 앞에서 아주 잘 보였다.

정필을 가운데 두고 한 자매가 그의 두 팔을 베고 누워서 잠을 자다니, 이것은 꿈에서나 가능한 일이다.

은애는 은주가 정필을 잘 따르는 것이 흡족했다. 그리고 정필도 은주를 예뻐하는 것 같아서 마음이 놓였다.

은애는 가만히 손을 뻗어서 자고 있는 은주의 뺨을 쓰다듬었다. 하지만 그녀의 손은 은주의 뺨을 지나서 정필의 가슴에 얹어졌다.

이때까지만 해도 은애는 동생 은주가 정필을 사랑하고 있을 것이라고는 상상조차 하지 못했었다.

"으음……."

정필은 5시간 정도 푹 자고 아침 10시쯤에 깼다. 은주는 30분 전에 깨어나서 아침 식사를 준비하고 있는 향숙을 도우러 나갔다.

정필은 천장을 향해 누운 자세로 잠이 들었다가 똑같은 자세로 잠에서 깼다. 조금도 뒤척이지 않고 똑바로 누워서 시체처럼 잤다는 뜻이다.

"잘 잤슴까?"

왼팔을 베고 그를 말끄러미 바라보고 있던 은애가 속삭이듯이 묻자 정필은 대답 대신 그녀 쪽으로 돌아누웠고 그 바람에 은애는 똑바로 누운 자세가 되었다.

"안 잤습니까?"

정필은 물으면서 자연스럽게 손을 뻗어 은애의 왼쪽 젖가슴을 어루만졌다.

"오라바이……."

은애가 깜짝 놀라서 뭐라고 말하려는데 정필은 한 술 더
떠서 젖가슴을 만지던 손으로 그녀의 얼굴을 자기 쪽으로 돌
려 입을 맞추었다.

"……."

은애가 뭘 어떻게 할 새도 없이 정필은 그녀의 혀를 부드러
우면서도 세차게 빨기 시작했다.

그러고는 손을 다시 내려 젖가슴을 주무르면서 손가락으로
는 유두를 건드렸다.

"음… 음……."

은애는 몸이 녹는 것 같고 유두가 찌릿찌릿해서 저절로 몸
이 뻣뻣해졌다.

정필이 그녀의 혀를 놔주더니 이번에는 유방을 빨았다. 그
녀의 크고 탱탱한 유방을 한입 가득 물고는 쭉쭉 빨면서 혀
로 젖꼭지를 살살 건드렸다.

"아아아……."

은애는 저절로 몸이 꼬이고 입에서 신음 소리가 흘러나왔
다.

정필은 유방을 빨면서 손을 아래로 내려서 은애의 허벅지
안쪽 깊은 곳을 더듬었다.

은애는 본능적으로 다리를 오므렸지만 정필의 손가락은 움

직임을 멈추지 않고 집요하게 그녀의 은밀한 부위를 헤집으면서 농락했다.

"오… 오라바이… 아아……."

은애는 흥분이 고조되어 정신이 하나도 없는 상황인데도 문득 어떤 생각이 들었다.

죽어서 혼령이 된 자신의 존재를 유일하게 보고 또 만질 수 있는 사람이 바로 정필이다.

어디 그뿐인가. 은애는 그의 몸에 들어가서 한 몸, 즉 일체가 되어 그가 느끼는 것들을 공유할 수도 있다.

혼령인 은애가 살아가는 세상에서는 정필만이 유일한 사람이고 남자다.

그가 없다면 은애는 아무것도 아닌 존재, 그저 혼령일 뿐이다. 그녀가 세상에 존재하고 있다는 사실조차 아무도 모를 것이다.

'내는 정필 오라바이를 사랑하고 있어…….'

지금 이 순간 은애는 아주 중요한 사실을 깨달았다. 그리고 또 하나, 그녀도 정필을 원하고 있었다. 몸과 마음이 동시에 뜨거워지고, 정필을 사랑하는 마음도 충만한 지금 그녀는 정필을 받아들일 준비가 되었다.

"오, 오라바이! 그만!"

하지만 은애는 급히 정필을 밀어냈다.

"은애 씨⋯⋯."

잠에서 깨자마자 흥분이 고조됐던 정필은 뜨거운 눈빛으로 은애를 바라보았다.

"이러면 안 됩니다."

온몸이 뜨겁게 흥분하고 정필을 사랑하는 마음이 가슴에 가득한 은애지만 한 가지 두려운 것이 있다.

"오라바이는 사람이고 저는 혼령임다. 그런데 이러는 거이 저는 무섭슴다."

그녀의 말에 정필은 정신이 번쩍 들었다.

"오라바이 저를 사랑함까?"

"사랑합니다."

누워서 서로 마주 바라보고 있는 두 사람의 표정이 무척이나 진지해졌다.

"저도 오라바이 죽도록 사랑하고 있슴다. 글치만 우리가 한 몸이 되고 나서리 어떻게 될지 저는 무섭슴다."

정필은 거기까지는 생각해 보지 않았다. 그러나 은애의 말을 듣고 보니까 두 사람이 하나가 되었을 때 무슨 일이 벌어질는지 예측조차 할 수가 없다.

그것은 이승의 사람과 저승의 혼령이 하나가 되는 것이다. 자칫하다가는 돌이킬 수 없는 일이 벌어질 수도 있다. 가장 두려운 것은 은애가 사라져 버리는 일이다.

정필은 은애의 뺨을 쓰다듬었다.

"알았습니다. 앞으로 조심하겠습니다."

척!

그때 문이 벌컥 열리더니 앞치마를 두른 은주가 정필을 보며 반갑게 외쳤다.

"오라바이 깼구만요! 날래 나와서 밥 먹기요!"

정필은 아침 식사를 하자마자 연길 시내 백화점으로 달려가 디지털카메라를 하나 사가지고 와서 영실네 아파트에 있는 모든 탈북자의 증명사진을 찍었다.

증명사진 외에도 여자들은 친한 사람들끼리 포즈를 취했으며, 다들 정필하고 사진을 찍고 싶다고 해서 순서를 정해야 할 정도였다.

한바탕 난리를 겪은 후에 정필은 자신의 방에 들어가서 문을 잠그고 몸속에 있던 은애를 나오게 했다.

"은애 씨, 사진 찍어봅시다."

그는 은애를 한쪽 벽 앞에 서게 하고 카메라를 들이댔다. 은애를 찍으면 어떻게 나올지 궁금했다.

"정필 오라바이, 제가 사진에 나오겠슴까?"

"포즈 취하고 서봐요."

"포즈가 뭡까?"

"자세 잡으라고요."

"오라바이도 참……."

포즈를 취하라니까 은애는 두 손을 내려 옆구리에 붙여서 차려 자세를 취하고 우두커니 섰다. 이제 그녀는 벌거벗은 몸을 정필에게 고스란히 보이는 것을 조금도 부끄러워하지 않게 되었다. 아니, 부끄러워도 어쩔 수 없다고 체념한 것인지도 모른다.

정필은 사진을 찍으려다 말고 은애의 희고 뽀얀 몸매가 너무 예뻐서 멍하니 넋을 잃고 바라보았다.

정필이 노골적으로 뚫어지게 주시하자 은애는 얼굴이 빨개져서 손으로 가슴과 은밀한 부위를 가리며 빽 소리쳤다.

"오라바이!"

"아… 찍습니다."

정필이 정신을 차리고 카메라를 들자 은애는 가렸던 가슴과 은밀한 곳에서 손을 뗐다. 사진을 찍는다고 하면 그곳을 가려야 할 텐데 반대 상황이 됐다.

"옆으로 서봐요."

정필은 은애 단독으로 열 컷 정도 찍고 나서 밖에 나가 의자를 하나 갖고 들어와 카메라를 타이머에 맞춰서 의자 위에 잘 조정해서 놓고 재빨리 은애 옆에 나란히 서서 어깨동무를 했다.

찰칵!

두 번째 타이머에 맞추고는 갑자기 은애를 번쩍 안았다.

"어맛? 오라바이!"

"가만히 있어요."

찰칵!

세 번째에는 은애와 마주 보고 뽀뽀를 했는데 이때만큼은 은애도 앙탈을 부리지 않았다.

정필은 사람들을 다 안방에 불러 모았다.

"오늘 새벽에 온 4명을 제외하고 나머지 11명은 중국 공민증을 만들 겁니다."

오늘 새벽에 들어온 상희를 비롯한 4명은 한쪽에 모여서 벽에 기대거나 누워 있는데 긴장된 표정을 지으며 정필의 설명을 들었다.

"4명은 차차 이곳에 적응하면서 앞으로 어떻게 할 것인지 다시 얘기하도록 합시다."

"선생님, 저도 공민증 만들어줄 수 있슴까?"

동그란 얼굴에 코가 오똑하고 입이 작은 상희가 팔을 번쩍 들면서 정필을 바라보았다.

"물론입니다."

나중을 위해서 아까 사진을 찍을 때 오늘 온 4명의 증명사진도 찍어두었다.

상희의 말에 다른 3명의 여자도 조심스러운 표정으로 눈치를 보면서 말했다.

"저희도 공민증이란 거이 만들어줄 수 있슴까?"

"중국 공민증 있으면 붙잡혀 가지 않슴까?"

"그거이 만드는 데 비쌈까?"

영실이 대신 설명했다.

"중국 공민증을 갖고 있으면 중국 사람이라는 뜻이야. 기니끼니 공안에게 검문을 당해도 잡혀가지 않아. 글치만 중국말을 어느 정도 할 줄 알아야 해."

누워 있던 영실은 향숙의 부축을 받고 일어나 앉았다.

"오늘부터 다들 나한테 중국말 배우라우."

여자들은 그러겠다고 고개를 끄떡였다.

영실이 정필에게 물었다.

"정필 씨, 공민증 하나에 얼마 주기로 했어?"

"1,000위안입니다."

1,000위안이면 연길시에 사는 일반인 한 달 월급의 1.3~1.5배이니까 대단히 큰 액수다.

상희가 조심스럽게 영실에게 물었다.

"1,000위안이면 공화국 돈으로 얼마임까?"

영실은 계산을 하면서 대답했다.

"1,000위안이면 미국 돈으로 150달러쯤 되는데, 현재 1달러에 북한 돈 120원이란 말이야. 그럼 얼마지?"

암산이 빠른 은주가 대답했다.

"18,000원임다."

"우와… 우리 아바이 월급이 60원인데……."

순임이 기가 질린다는 얼굴로 말했다. 순임 아버지 월급이 60원이라면 중국 공민증 하나에 순임 아버지 300개월, 즉 25년 치 월급이라는 얘기다.

향숙 등 먼저 와 있던 탈북녀들도 공민증이 그렇게 비쌀 줄은 꿈에도 모르고 있다가 다들 기절할 정도로 놀라서 아무 말도 하지 못했다.

정필 옆에 앉은 은주는 걱정스러운 얼굴로 그를 바라보았다.

"공민증 모두 몇 개 만들 겁까?"

정필은 상희 등 4명을 쳐다보았다.

"저 사람들 것까지 하면 17개지."

"공민증 17개면 17,000위안이고 달러로 치면 2,550달러. 그걸 공화국 돈으로 환산하면……."

은주는 손가락까지 써가면서 계산을 하다가 심장을 칼에 찔린 것 같은 외마디 비명을 질렀다.

"옴마야! 765,000원! 그게 말이 됩까?"

그런 어마어마한 액수를 눈으로 보기는커녕 들어본 저도 없는 탈북녀들은 하나같이 망연자실한 표정을 지었다.

실내의 모든 사람이 정필을 주시하면서 눈만 깜빡거릴 뿐 아무 말도 하지 못했다.

자기들 공민증을 만드느라 정필이 북한에서 집 몇 채를 사고도 남을 어마어마한 돈을 써야 한다는 사실 때문에 가슴에 납덩이를 얹어놓은 기분이 된 것이다.

은주는 잔뜩 걱정하는 얼굴로 정필에게 물었다.

"오라바이, 그만한 돈이 있슴까?"

정필은 빙그레 미소 지으며 고개를 끄떡였다.

"있다."

"돈이 없으면서리 우리 때문에 어디에서 빌리려는 거 아님까? 그러면 앙이 됩다."

정필은 청바지 주머니를 툭툭 쳤다.

"그 정도 돈은 늘 갖고 다닌다."

은주뿐만 아니라 모두들 정필의 말을 믿지 않았다.

"말도 안 됩다. 순임 아바이가 1,000년도 넘게 벌어야 하는 돈을 오라바이가 갖고 다닌다는 말임까? 어디 돈이 진짜 있는지 한번 봅시다!"

"은주야."

"보자니까요. 인자 보이 오라바이 돈이 없는 거이 분명한갑소. 우리 때문에 돈을 빌리려는 게요."

정필은 어쩔 수 없이 지갑을 꺼냈다.

"보여주마."

탁!

"이리 줘봅세."

은주가 정필 손에서 지갑을 낚아채다가 떨어뜨리는 바람에 지갑 안에 있던 지폐들이 좌르르 바닥에 펼쳐졌다.

지갑을 뺏었던 은주는 물론이고 모두들 눈을 휘둥그렇게 뜨고 지갑에서 빠져나와 방바닥에 켜켜이, 그리고 수북하게 펼쳐진 돈더미를 쳐다보았다.

슥—

"어디 보자."

정필은 태연하게 돈다발을 집어서 모두가 보는 앞에서 세어 보았다.

"공민증 17개면 17,000위안이랬지? 여기 인민폐하고 달러를 모두 합치면 2만 위안쯤 되겠다."

정필은 공민증 전문가에게 선불로 5,000위안을 미리 주었으니까 공민증을 4개 더 추가할 경우에 잔금 12,000위안을 더 주면 된다.

그리고 오늘 김길우네가 사무실 이 층으로 이사를 하면 가구나 가전제품을 들여놔 주려고 돈을 미리 찾아놨었다.

정필은 두툼한 돈다발을 은주와 모두에게 흔들어 보였다.

"모두 돈 걱정은 하지 마십시오."

모두들 너무 놀라서 정필을 바라보기만 할 뿐 어느 누구도 입을 열지 못했다.

정필이 그런 어마어마한 돈을 지갑에 갖고 다닐 것이라고는 꿈속에서도 상상하지 못했었다.

"그리고 공민증 17개 값이 달러로 2,550달러라고 했는데, 대한민국에서는 보통 사람 평균 한 달 월급이 1,500~2,000달러쯤 됩니다. 그러니까 2,550달라고 해도 그리 큰돈이 아닙니다."

영실이 상희 등에게 정필이 대한민국에서 살고 있으며 그곳이 바로 남조선이라고 설명해 주었다.

상희 등은 정필이 남조선 사람일 거라고는 머리카락만큼도 생각하지 않았다가 크게 놀랐다.

순임이 두 손을 기도하듯이 모으고 물었다.

"오, 오라바이, 그라면 우리도 대한민국에 가면 글케 돈을 벌 수 있는 거임까?"

정필은 고개를 끄떡였다.

"아무리 못 벌어도 한 달에 최소한 1,000달러 정도 월급은 받을 수 있을 겁니다."

은주가 재빨리 계산해서 덧붙였다.

"1,000달러면 공화국 돈으로 12만 원이야요. 순임 언니 아바이 월급 60원의 2,000배임다."

"아아……."

모두들 눈을 휘둥그렇게 뜨고 꿈을 꾸는 듯한 표정을 짓는데 향숙이 정필에게 말했다.

"지난번에 목사님께서 말씀하시기를, 우리가 대한민국에 가면 정착금이라는 걸 받는데 1인당 5천만 원이라고 했슴다. 그거이 달러로 얼맘까?"

정필은 잠시 계산을 해보고 나서 대답했다.

"약 6만 달러쯤 될 겁니다."

"그… 그럼 저하고 송화 두 명이니끼니 12만 달러를 받게 되는 거임까?"

"그렇겠지요."

향숙은 옆에 앉아 있는 송화를 꼭 부둥켜안았다.

"그리고 우리가 살 집도 주고 다닐 직장도 준다고 했는데 그거이 다 맞는 말임까?"

"목사님께서 말씀하셨으면 맞겠지요."

정필은 그렇게 말해놓고는 팔을 뻗어 향숙의 어깨를 부드럽게 감쌌다.

"그렇지만 향숙 누님이 대한민국에 가면 저희 아버지 회사에 다니게 될 겁니다. 제가 아버지께 부탁하겠습니다. 그러니까 직장이나 사실 집은 걱정하지 않아도 됩니다."

향숙은 뭐라고 말할 수 없이 기쁘고 행복해서 자신의 어깨를 감싼 정필의 손을 꼭 잡았다.

정필은 자신의 방으로 들어가서 문을 잠그고 보스턴백을 뒤집어 돈다발을 방바닥에 쏟았다.

후두둑…….

"옴마야……."

은애가 화드득 놀라 비명을 질렀다.

김낙현이 말한 대로 정필은 이 돈을 탈북자들을 위해서 쓸 생각이다.

인신매매단이 북한하고 밀수를 해서 이 돈을 벌었거나 아니면 밀수품 대금을 치를 돈이라면, 마땅히 탈북자들을 위해서 써야만 할 것이다.

세어보니까 100달러를 100장씩 묶은 돈다발이 250개다. 어림잡아서 200개쯤일 거라고 얼추 계산했었는데 그것보다 50개나 더 많았다.

한 다발이 만 달러니까 250개면 250만 달러다. 한국 돈으로 환산하면 1달러에 850원으로 자그마치 21억 2,500만 달러나 된다.

한마디로 어마어마한 거액이다. 정필은 이렇게 큰돈을 눈앞에서 직접 보기는 처음이다.

정필 아버지가 운영하고 있는 회사의 자산 가치가 100억 원 정도 된다고 들었는데, 하룻밤에 정필의 수중에 들어온 돈이 아버지 회사 자산 가치의 5분의 1 수준이다.

이런 걸 보면 정식으로 장사를 하거나 회사를 키울 생각 따위 들지 않을 것이다.

"정필 오라바이, 얼맘까?"

"음! 250만 달러입니다."

은애가 떨리는 목소리로 묻는데 대답하는 정필의 목소리는 꽉 잠겼다.

덜컥… 덜컥…….

"오라바이."

밖에서 은주가 잠긴 문을 잡아당기며 불렀다.

"은주야, 이따가 보자."

"네, 오라바이."

정필은 은주를 돌려보내 놓고서도 수북한 돈다발 앞에 책상다리를 하고 앉아서 5분 정도 골똘히 생각에 잠겼다가 이윽고 가라앉은 목소리로 조용히 말했다.

"은애 씨, 나는 이 돈을 탈북자들을 위해서 쓸 생각입니다."

"오라바이다운 생각임다."

정필이 일어서려고 하니까 은애가 물었다.

"오라바이, 어디 가심까?"

"영실 누님하고 향숙 누님에게 할 얘기가 있습니다."

"그럼 저 좀 빼주기요. 조금 답답함다."

정필은 은애를 몸에서 빼주고 돈다발을 보스턴백에 쓸어 담아 개어놓은 이불 밑에 넣었다.

그는 방에서 나와 은애더러 베란다에 나가서 바람이라도 쏘이라 하고 자신은 안방으로 갔다.

영실과 향숙, 은주, 순임, 진희 등 여러 명이 안방에 둘러앉아서 뭔가 재미있게 얘기를 하고 있는 중인데, 정필은 다 내보내고 영실과 향숙만 남게 했다.

"두 분에게 드릴 말씀이 있습니다."

깁스를 떼어내고 원피스 잠옷 차림의 영실은 깔아놓은 이불에 앉았고, 바닥에 끌리는 긴 치마를 입은 향숙은 조심스럽게 다가와서 정필 옆에 다소곳이 앉았다.

"이제 얼마 후면 영실 누님과 향숙 누님은 헤어져야 할 겁니다."

영실은 연길에 남아 있고 향숙은 대한민국으로 갈 것이다.

다 알고 있는 사실이지만 정필의 말에 두 여자는 새삼스러운 표정으로 서로의 손을 말없이 잡았다가 놓았다.

"나는 두 분을 믿고 또 의지하면서 앞으로도 계속 탈북자들을 돕고 싶습니다."

두 여자는 눈을 빛냈다.

"우리가 무슨 도움이 되갔어?"

"저는 얼마 후에 한국에 갈 거인데 정필 씨한데 무슨 도움이 되갔습까?"

"영실 누님은 여기에서, 향숙 누님은 한국에서 각각 저를 도와주시면 됩니다."

두 여자는 정필에게 조금 더 가까이 다가앉았다.

"내래 정필 씨를 돕는 거라면 뭐든지 하갔서."

"설혹 정필 씨가 제 목숨이 필요하다고 해도 서슴없이 드리갔습다."

정필은 마음이 흐뭇하여 양팔을 뻗어 두 여자의 어깨를 감싸고 살짝 안았다가 놓았다.

"정말 든든합니다."

정필은 조금 전 자신의 방에서 250만 달러를 앞에 두고 생각했던 것을 설명했다.

"영실 누님 다 나으면 국밥집이나 식당 같은 것을 좀 더 크게 개업합시다."

"어… 떻게?"

"목 좋은 곳에 이 층 건물 하나를 사서 아예 통째로 식당을 하는 겁니다."

"그러려면……."

"돈 걱정은 하지 마십시오. 내가 대겠습니다."

영실은 꿈을 꾸는 듯한 표정을 지었다.

"정필 씨 말이라면 팥으로 메주를 쑨다고 해도 믿는다이."

"그리고 여기 아파트는 그대로 놔두고 더 큰 아파트를 구합시다. 그래야지만 더 많은 탈북자를 수용할 수 있습니다."

영실은 연신 고개를 끄떡였다.

"알았어."

정필은 한쪽 무릎을 세우고 다소곳이 앉아 있는 향숙의 무릎에 손을 얹었다.

"향숙 누님은 대한민국에 가서서 미리 자리를 잡아놓으셔야 합니다."

"무슨 자리를……."

"앞으로 내가 계속해서 대한민국에 보내게 될 탈북 입국자 중에서 어려움에 처하는 사람들을 향숙 누님이 돌봐주십시오."

"아… 제가 말임까?"

"향숙 누님이 대한민국에서 어떻게 자리를 잡을 것인지에 대해서는 좀 더 알아보기로 하고, 어쨌든 향숙 누님이 어려움에 처한 탈북 입국자들을 돌보는 것으로 알고 계세요."

"저… 저는 그런 거이 못한다. 저 같은 것이 어찌……."

향숙은 두려운 얼굴로 고개를 가로저었다.

"향숙 누님은 할 수 있습니다."

"모… 못합다. 그러다가 잘못되기라도 하면……."

"향숙 누님."

향숙의 눈에 눈물이 그렁그렁 고였다.

"그렇게 큰일을 저 같은 거이 망치기라도 하면 정필 씨 얼굴을 어찌 봄까? 저는 그거이 무섭습다."

정필은 순진하기 짝이 없는 향숙이 나이만 많지 영락없는 어린 소녀 같다는 생각이 들었다.

그렇지만 정필이 아무리 생각을 해봐도 그 일은 향숙이 제격이다. 향숙 말고는 시킬 사람이 없다.

정필이 여기에서 탈북자들을 대한민국으로 보내는 것만이 능사가 아니다.

대한민국에 적응을 못 하고 낙오되는 사람이 분명히 나올 것이다. 대한민국 정부에서도 그들을 신경 쓰겠지만 가족처럼 돌보지는 못한다.

그걸 정필이 해야 한다. 그러기 위해서는 달래서라도 향숙을 설득해야만 한다.

"향숙 누님."

"네."

정필을 바라보는 향숙 눈에서 급기야 눈물이 주르르 흘렀다.

'휴우… 이렇게 순해 빠져서야…….'

정필은 속으로 한숨을 내쉬었다.

슥—

정필은 두 손으로 향숙의 눈물을 닦아주고 나서 부드럽게 뺨을 감쌌다.

"향숙 누님, 나를 믿지요?"

"믿고말고요. 제가 정필 씨 못 믿으면 누굴 믿겠슴까?"

"그럼 내가 시키는 대로만 하면 됩니다. 어려울 거 없습니다. 알겠죠?"

"네."

향숙의 대답을 듣고 나서야 정필은 마음이 놓여 마치 여동생에게 하듯이 향숙의 궁둥이를 툭툭 두드렸다.

"됐어요. 아주 착합니다."

향숙은 얼굴이 새빨개졌다.

이후에 정필과 영실, 향숙은 한 시간쯤 더 진지한 대화를 나누었다.

정필의 계획에 대해서 자세히 듣고 난 영실은 정필을 힘껏 돕겠다고 약속했으며, 향숙은 시키는 대로 최선을 다하겠다고 말했다. 그리고 정필은 그녀들을 믿고 이제부터 일을 추진하겠다고 했다.

그런데 갑자기 향숙이 또 눈물을 흘리기 시작했다.

"향숙 누님."

"정필 씨 같은 분을 만난 거이 저하고 송화에겐 축복임다. 그때 정필 씨가 우리 모녀를 구해주지 않았으면……."

정필이 처음 향숙을 만났을 때 그녀는 인신매매범들에게 강간을 당하고 있었고, 송화는 그 옆에서 그 광경을 지켜보며 울고 있었다.

이제는 얼굴과 몸에 살이 보송보송 올라서 그윽한 미모가 한결 돋보이는 향숙이 정필을 바라보면서 눈물을 흘리는 모습은 무척이나 고혹적이고 아름다웠다.

정필은 빙그레 미소 지었다.

"대한민국에 가시면 향숙 누님은 틀림없이 좋은 남자를 만날 겁니다."

"어디 저 같은 게……."

"아닙니다. 향숙 누님은 아름다우니까 한국 남자들이 가만히 놔두지 않을 겁니다."

향숙은 머리카락을 틀어 올려서 드러난 희고 긴 우아한 목덜미가 붉어졌다.

"아유… 정필 씨 그런 말씀 마세요. 저는 남자 같은 거 만날 생각 절대로 없슴다."

영실이 빙그레 미소 지으며 의미심장한 말을 했다.

"향숙이 쟤는 시집 안 갈 거야."

"그게 무슨 말입니까?"

"좋아하는 남자가 있거든."

"네? 그게 정말입니까?"

정필은 깜짝 놀랐고 향숙은 크게 당황했다.

"어… 언니……."

"향숙이는 정필 씨 좋아하고 있슴메. 아니, 사랑해. 정필 씨 위해서라면 죽는 것도 무서워하지 않을 거우다."

"……."

정필은 멍한 표정으로 향숙을 쳐다보았다.

"언니!"

크게 당황한 향숙이 급히 손을 뻗어 제지하려다가 중간에 있는 정필에게 엎어졌다.

"괜찮습니까?"

정필은 얼른 향숙의 어깨와 허리를 잡아서 일으켰다.

"모… 모름다……."

향숙은 일어나서 정필의 뒤쪽으로 숨었다.

영실이 또 뜻 모를 소릴 했다.

"여기에 있는 여자치고 정필 씨 좋아하지 않는 여자가 어디 있겠슴둥? 하다못해 어린 송화까지도 나중에 어른이 되면 정필 오라바이하고 결혼하겠다던데."

"허… 참, 누님은 그런 농담을……."

정필은 당황해서 얼굴을 붉히며 허둥거렸다.

그럴수록 영실은 더욱 진지해졌다.

"정필 씨는 세상 최고의 남자야. 그런 정필 씨를 좋아하는데 나이가 무슨 상관이우까? 어린 송화부터 늙은 나까지 다 정필 씨를 열렬하게 사랑하고 있다는 말이우다. 그런 걸 알고나 있으라는 거우다, 내 말은."

숙맥인 정필은 영실의 말이 어디까지 진실이고 어디까지 농담인지 알아듣지 못했다.

"저 나가보겠습니다."

그로선 허둥지둥 이 자리를 피하는 게 상책이다.

그가 방을 나오는데 향숙이 영실을 붙잡고 울음을 터뜨리는 소리가 들렸다.

"으허엉! 언니! 그걸 말하면 어떻하우? 나 이제 어떻게 정필 씨 얼굴을 보냐는 말임다!"

문을 닫고 정필은 빙그레 미소 지었다. 큰 누나뻘인 영실과 향숙의 행동이 문득 귀엽다는 생각이 들었다.

정오가 조금 못 돼서 김길우가 정필을 데리러 왔다.

"정필 오빠, 저는 오늘은 집에 있갔슴다."

베란다에서 정필의 방으로 들어온 은애가 말했다.

"며칠 있으면 은주 남조선에 가갔디요?"

"그럴 겁니다."

"그래서 저는 은주하고 조금이라도 더 같이 있고 싶슴다."

"그러세요."

정필은 은애를 아파트에 남겨두고 김길우가 운전하는 볼보를 타고 사무실로 향했다.

"이사는 끝냈습니까?"

새집으로, 그것도 어마어마하게 큰 집으로 이사를 한 김길우는 너무 좋아서 입이 귀에 걸렸다.

"이삿짐이 없으니까 소형 트럭 한 번으로 끝났슴다."

김길우는 연신 싱글벙글했다.

"마누라가 이게 꿈인지 생시인지 모르겠다면서 계속 울고 있는 거이 보고 나왔슴다."

그는 정필을 보며 꾸벅 고개를 숙였다.

"터터우, 정말 고맙습니다. 이 은혜 저 김길우 목숨 바쳐서 갚겠슴다."

"그런 말 하지 마세요. 사람의 목숨은 아무 데나 바치는 게 아닙니다."

"제 목숨을 터터우께 바치면 그거이 제 일생에서 제일 잘하는 일입니다."

정필은 빙그레 미소 지었다.

"시내로 갑시다."

"시내 어디 말입니까? 사무실로 안 가십니까?"

"잠깐 들를 곳이 있습니다."

정필은 김길우와 함께 연길 시내에서 가장 큰 전자 제품 대리점에 가서 TV와 냉장고, 세탁기, 전기밥솥, 전자레인지, 청소기 등 가전제품 일체와 사무실용으로 사용할 복사기와 팩스 등을 한국 수입품으로만 구입했다.

구입한 가전제품을 가득 실은 트럭을 뒤에 달고 정필과 김길우는 사무실로 향했다.

"전화도 설치하도록 하세요."

"알았슴다."

가전제품들을 보고서 놀라 자빠질 이연화의 모습을 상상하면서 김길우는 신바람이 났다.

"이제 사무실도 얻었으니까 사업자 등록을 할 수 있을 거임다. 오늘 중으로 해놓갔슴다."

"부탁합니다."

"저… 터터우, 지난번 그 친구 어땠슴까?"

김길우가 사무실 거의 다 와서 넌지시 물었다.

"서동원 씨 말입니까?"

지난번 김길우가 은주의 행적을 추적하고 있을 때 택시회사 동료인 서동원을 소개해서 그의 택시로 정필과 명옥이 두만강까지 갔었다.

정필이 본 서동원의 인상은 순박하고 과묵했었다. 김길우처럼 영특하진 않아도 주어진 일은 묵묵히 해낼 사람 같아서 믿음이 갔다.

"네. 그 친구를 고용할까 하는데 괜찮겠슴까?"

"나는 괜찮은데 길우 씨가 알아서 하십시오."

"서동원을 흑하에 보낼까 합니다."

"그러세요."

"서동원 일당은 100위안으로 하고 제가 주겠습니다."

"그건……."

"허락해 주십시오."

정필은 빙그레 미소 지었다.

"알겠습니다."

외제차 중고 회사를 차려서 이문이 남을 때까지 김길우에게 매월 만 위안의 월급을 주기로 했으니까 거기에서 서동원의 일당으로 하루 100위안씩 준다고 해도 한 달이면 3천 위안이다.

나머지 7천 위안이면 김길우네 생활하는데 떡을 치고도 남을 것이다.

"하이고야… 이거이 정말 꿈만 같슴다……."

김길우 부인 이연화는 거실과 부엌, 각 방에 제자리를 차지하고 들어앉은 가전제품들을 보고는 너무 기뻐서 어쩔 줄을 몰랐다.

김길우는 괜히 으쓱거렸다.

"하하하! 연화야! 여기 왕궁 같지 않니?"

"저는 왕궁이라는 거이 한 번도 본 적이 없어서리 모르지만 여긴 왕궁보다 더 좋은 거 같습다."

"하하하! 네 말이 맞다!"

정필은 휑한 거실을 둘러보았다.

"소파와 침대, 식탁 같은 가구들도 들여놔야겠습니다. 그리고 사무실에 책상하고 소파도 필요합니다."

"그… 렇군요."

"돈을 드릴 테니까 길우 씨가 고르세요."

"알겠습니다."

"할 얘기가 있으니까 잠깐 앉읍시다."

정필은 먼저 거실 바닥에 앉아서 김길우와 아기를 업은 이연화를 앞에 앉게 했다.

"이건 중요한 일이니까 내 얘길 듣고 나서 두 분이 잘 의논해서 결정을 내리십시오."

김길우와 이연화는 정필의 말에 몹시 긴장했다.

정필은 김길우 가족에 대해서 그동안 깊이 생각했던 것을 조심스럽게 얘기했다.

"나는 조만간에 몇 명의 탈북자를 이끌고 한국으로 갈 계획입니다."

"티터우께서 직접 가실 겁니까?"

"그렇습니다. 그래서 이번 기회에 형수님도 나하고 같이 가는 게 어떨까 생각합니다."

정필이 그런 말을 할 거라고는 상상도 하지 못했던 두 사람은 까무러칠 만큼 놀랐다.

"그… 그러면 어케 되는 검까?"

"형수님은 북한 사람이니까 대한민국에 입국하면 대한민국 국적을 취득하게 될 겁니다. 아기를 데리고 가면 아기도 자동적으로 대한민국 국적을 얻게 되겠지요."

김길우는 극도로 흥분하여 침을 꿀꺽 삼켰다.

"저, 저는 안 됩니까?"

"조선족은 안 됩니다. 북한에서 탈북한 사람만 대한민국 국적 취득이 가능하답니다."

"음……."

이연화는 너무 놀란 나머지 무릎을 꿇고 앉았다가 뒤로 벌러덩 엉덩방아를 찧은 그대로 멍하니 넋을 잃고 정필을 바라보고 있었다.

"그러면… 연화가 가버리면 저는 어케 되는 검까? 저는 혼자 살아야 하는 거임까?"

정필이 차근차근 설명했다.

"목사님 말씀이 형수님께서 대한민국 국적을 취득한 다음에 길우 씨하고 혼인신고를 하면 길우 씨는 자연히 대한민국 국적을 취득하게 된답니다."

"아아……."

"현재 형수님은 탈북자이기 때문에 중국에선 언제 붙잡혀서 북송될지 모르는 신세입니다."

"그렇지요……."

"그렇지만 두 분 다 대한민국 국민이 되면 대한민국에서 살아도 되고 여기 연길에서 살아도 아무도 간섭하지 못할 겁니다."

퍼질러 앉아 있던 이연화가 다시 무릎을 꿇고 정필에게 바싹 다가앉으며 열띤 표정으로 외치듯이 말했다.

"터터우! 저는 대한민국에 가갔슴다! 저를 보내주시라요! 제발 애원함다!"

"연화야……."

이연화는 놀라서 쳐다보는 김길우의 손을 잡고 눈물을 뚝뚝 흘렸다.

"준태 아바이! 나를 보내주시오! 내는 이 세상에서 준태 아바이를 목숨보다 더 사랑하니끼니 대한민국 국적을 얻으면 반드시 준태 아바이하고 같이 살 거우다! 우리 이제는 맘 편하게 삽세다! 네?"

김길우도 눈물을 글썽거렸다.

"그래. 연화 네 뜻대로 하자."

"내는 말임다, 남들이 몇 평생을 살아도 겪지 못할 험한 꼴들을 다 당하면서 살아왔습다……! 기니끼니 내는 남은 평생을 대한민국 사람이 돼서리 떳떳하게 살고 싶습다……! 준태아바이, 내 맘 알디요?"

"그럼… 그럼… 내가 왜 모르갔니?"

"준태 아바이……."

두 사람은 서로를 부둥켜안고 펑펑 울었다.

제21장
벼랑 끝의 모녀(母女)

정필은 김길우와 같이 베드로의 집에 들러서 조석근과 은
철의 사진을 찍은 후에 공민증 전문가를 만났다.

전문가는 정필이 갖고 간 디지털카메라를 능숙한 솜씨로
컴퓨터에 연결하여 사진을 다운받았다.

"저수안섬머야(이게 뭡니까)?"

그런데 갑자기 전문가가 컴퓨터 화면을 가리키면서 요상한
미소를 지었다.

정필과 김길우가 쳐다보니까 컴퓨터 모니터에 탈북자들 중
명사진이 사진이 가득한데 그 끄트머리에 몇 장의 색다른 사

진이 섞여 있었다.

그런데 그게 정필과 나체의 은애가 함께 찍은 3컷의 사진이었다.

하나는 정필이 은애와 어깨동무를 하고 있는 모습이고, 또 하나는 그녀를 번쩍 안고 있는 것이며, 마지막은 뽀뽀를 하는 장면의 사진이다.

정필이 벌거벗은 미녀와 얼싸안고 찍은 사진이 나왔으니 공민증 전문가가 묘한 미소를 지을 수밖에 없는 일이다.

은애 단독으로 10여 장 찍었는데 그건 한 장도 나오지 않았고 정필과 같이 찍은 것만 나왔다.

그러니까 은애는 정필과 연결이 되어 있어야지만 사진이 찍힌다는 것이다.

"은주 씨임까?"

어깨 너머로 보던 김길우가 놀라서 물었다. 은애와 은주 자매가 닮았기 때문이다.

"아닙니다."

정필은 전문가가 선을 빼자 카메라를 챙겼다.

김길우가 전문가와 얘기를 하고 나서 알려주었다.

"내일 점심 때쯤에 완성될 거랍니다."

김길우는 정필을 평화의원에 내려주고 연길세무서에 사업

자 등록을 하고 가구를 사러 갔다.

강명도는 정필을 보자마자 반가운 소식을 전해주었다.

"어서 오게. 그 아이가 깨어났다네."

"그렇습니까?"

그 아이란 오늘 새벽에 데리고 온 유미를 말하는 것이다. 숨도 쉬지 않았던 유미가 깨어났다고 하는데 정필은 마냥 기쁠 수만은 없는 심정이다. 유미 엄마가 죽었기 때문이다.

"움직이지는 못하지만 말은 할 수 있네."

강명도가 앞서 걸으며 정필을 입원실로 안내했다.

"엄마가 어디에 있는가고 묻던데 자네 걔 엄마가 어디에 있는지 아나?"

정필은 강명도의 팔을 잡고 진찰실로 들어갔다.

"시신들은 어떻게 됐습니까?"

"행려병자로 연길시립병원에 신고해서 인도해 갔네."

"되찾을 수 있겠지요?"

"그럼. 내가 그들 장례식을 치러줄 거라고 말해두었네. 서류를 꾸며서 갖다주면 시신을 내줄 게야."

그때 경미가 들어오다가 정필을 보고 반갑게 미소 지으며 고개를 숙였다.

정필은 씁쓸한 얼굴로 말해주었다.

"그 시신 중에 유미 엄마가 있었습니다."

"그래?"

강명도와 경미의 얼굴에 놀라움과 안타까움이 번졌다.

환자복을 입고 누워 있는 유미는 미라에게 옷을 입혀놓은 것 같은 깡마른 모습이었다.

유미는 링거를 맞으면서 누워 있다가 병실로 들어서는 정필을 겁먹은 눈빛으로 바라보았다.

같이 들어온 경미가 부드럽게 미소 지으며 유미 머리를 쓰다듬으면서 정필을 소개했다.

"이분이 널 구해서 여기로 데리고 오셨어."

유미의 겁먹었던 눈이 반짝 빛나더니 곧 다정한 눈빛으로 변했다.

정필은 유미 머리맡에 다가가서 머리를 쓰다듬었다. 그러면서 그는 자신의 품에 안겨서 숨을 거둔 유미 엄마가 생각이 나서 착잡한 심정이 되었다.

이 아이에게 엄마의 죽음에 대해서 어떻게 설명을 하면 좋을지 답답하기만 했다.

"유미야, 어디 아픈 데는 없니?"

유미는 정필을 말끄러미 바라보았다. 정필은 유미가 엄마에 대해서 물을까 봐 걱정했지만, 따지고 보면 유미가 엄마에 대해서 묻지 않는 것이 더 이상한 일이다.

"저……."

정필은 유미의 눈을 마주 볼 용기가 나지 않았다.

"아매는 어디 계심까?"

"유미야."

정필이 측은한 표정으로 바라보자 영특한 유미 얼굴에 불길함이 물결처럼 떠올랐다.

"아매는……."

정필은 아무 말도 못 하고 유미의 시선을 외면했고 경미는 눈물을 뚝뚝 흘렸다.

"우리 아매… 돌아가셨슴까……."

와들와들 떨리는 목소리로 중얼거리는 유미의 퀭한 두 눈에 눈물이 가득 차올랐다.

"엄마는……."

정필은 가슴이 미어지는 심정으로 쥐어짜듯이 겨우 말했다.

"내 품안에서 돌아가셨어. 유미 널… 잘 부탁한다는 말씀만 남기고……."

"아… 아매……."

유미는 성냥개비처럼 비쩍 마른 몸을 바르르 떨더니 그대로 정신을 잃어버렸다.

"아버지!"

깜짝 놀란 경미가 병실 문을 박차고 뛰어나가며 강명도를 소리쳐 불렀다.

강명도가 급히 달려 들어오고, 정필은 일그러진 얼굴로 일어나 병실을 나왔다.

"후우……."

그는 평화의원을 나와 계단을 내려가면서 가슴이 너무 답답하여 중간에 서너 번이나 멈춰서 한숨을 푹푹 내쉬며 속을 끓였다.

"최 선생님!"

정필이 거리로 나와서 두리번거리고 있을 때 경미가 급히 뒤따라 내려오며 불렀다.

"아까 어떤 여자아이가 전화를 했었는데 최 선생님을 찾았습니다."

경미는 메모지 하나를 건네주었다.

"겁을 잔뜩 집어먹은 목소리던데 자기 있는 곳으로 최 선생님이 급히 와달라고 말했습니다."

정필이 메모지를 펼치니까 '백산호텔 318호 혜주'라고 적혀 있었다.

"혜주가……."

"아시는 아입니까?"

"그렇습니다. 전화 온 게 언제입니까?"

"2시간쯤 됐습니다."

"알겠습니다."

혜주라면 어젯밤에 명옥네 가족과 함께 두만강을 건넌 여자아이다.

마치 살아 있는 인형처럼 예쁜 혜주와 지적인 인텔리 여성 혜주 엄마는 러시아식 모피 코트와 털모자, 그리고 가죽 장갑까지 꼈던 북한 상류층 모녀였었다.

정필이 연길 시내에 들어와서 공중전화 앞에 내려주자 혜주 엄마는 브로커비라면서 정필에게 600달러를 내밀었고 정필은 돈을 받지 않았었다.

정필이 느낀 혜주 엄마는 인텔리에 자존심이 강하고 도도한 성격에 러시아 발레리나 같은 고품격의 우아한 용모를 지녔었다.

혜주 엄마가 전화를 거는 동안 정필은 혜주에게 무슨 일이 있으면 연락하라면서 평화의원 전화번호를 외우고 있으라고 알려주었다.

경황 중에 알려준 전화번호인데도 혜주가 외우고 있었다는 사실이 매우 기특했다.

연길세무서에 사업자 등록을 하러 간 김길우가 데리러 오기로 했지만 그를 기다리고 있을 겨를이 없어서 정필은 경미에게 김길우가 오면 백산호텔 318호로 급히 오라고 전해 달라

말하고는 택시를 잡아탔다.

눈이 많이 쌓인 연길 시내를 다니는 차들은 모두 거북이처럼 엉금엉금 기어다녔다.

혜주가 무엇 때문에 정필을 오라고 했는지 모르지만 보고 싶어서는 아닐 것이다.

모녀에게 무슨 일이 있는 게 분명하다. 혜주 엄마의 도도하고 까칠한 성격으로 봐서도 웬만한 일로 정필을 오라고 하지는 않았을 것이다. 어쩌면 다급한 상황이라서 혜주가 엄마 몰래 연락한 것일 수도 있다.

백산호텔 앞에 내린 정필은 빠른 걸음으로 곧장 엘리베이터를 타고 3층으로 올라갔다.

이 호텔은 예전에 그가 며칠 동안 묵었던 곳이라서 내부가 눈에 익었다.

현재 그는 cz—75를 지니고 있지 않았다. 그 권총은 크고 무거워서 특별한 일이 있을 경우에만 소지한다.

그 대신 청바지 오른쪽 다리에는 권보경에게서 **뺏은** 글록(Glock)17이 홀스터에 채워져 있으며, 왼쪽 다리에는 척사검을 차고 있다.

그렇지만 정필은 혜주를 만나는 일에 그런 무기들은 필요하지 않을 것이라고 생각했다.

그때까지도 그는 혜주 모녀에게 닥친 일이 그저 평범할 것이라고만 생각했다.

언제나처럼 똑같은 가죽점퍼에 청바지 차림인 정필은 메모지에 적힌 318호 앞에 서서 노크를 했다.

똑똑똑…….

"쉐이(누구요)?"

잠시 후에 안에서 가래가 섞인 괄괄한 사내의 목소리가 들리자 정필은 반사적으로 문 옆으로 몸을 숨기면서 저 목소리가 조금 귀에 익다는 생각이 들었다.

그러나 그것보다는 혜주 모녀가 기다리고 있을 호텔 객실에서 사내 목소리가 들린다는 것은 심상치 않은 일이다. 정필은 권총을 꺼낼 것인지 잠시 고민하다가 그만두었다.

달각…….

객실 안에서 복도를 내다볼 수 있는 외시경 덮개를 젖히는 소리가 안에서 들렸다.

안에서 방금 전 말한 사내가 외시경을 통해서 밖을 내다보는 것이다.

그렇지만 정필이 문 옆 벽에 붙어 있기 때문에 외시경으로 보일 리가 없다.

덜컥…….

잠시 후에 문이 조금 열리는 순간 정필은 재빨리 문을 확

잡아당기며 문 앞에 우뚝 섰다.

"어… 엇? 니스쉐이야(너 누구야)?"

문을 열고 밖을 내다보려던 사내는 코앞에 우뚝 서 있는 정
필을 발견하고 움찔 놀라며 물었다.

'이 새끼!'

정필은 문을 연 사내의 얼굴을 발견한 순간 그가 누구인지
단번에 알아보고 속이 확 뒤집혔다.

쿵!

"왁!"

정필은 앞뒤 생각할 것도 없이 냅다 머리로 사내의 얼굴을
들이받아 짓이기면서 안으로 밀고 들어갔다.

이 사내는 예전 영실의 홍남국밥집에서 난동을 부리다가
정필에게 얻어터졌던 3명의 흑사파 건달 중에 한 명인 거구의
장발 사내다.

그때 이놈이 영실의 뺨을 후려치고 또 정필의 뒤통수를 때
리면서 시비를 걸었었고, 홍남국밥집 근처 공터에서 1 대 3으
로 싸울 때 정필에게 제일 먼저 엎어치기로 날아가 뻗기도 했
었다.

그때 3명의 사내는 지든 이기든 싸우고 난 후에는 홍남국
밥집 근처에 얼씬도 하지 않겠다고 정필하고 약속했었다.

그런데 이놈들은 약속을 내팽개치고 나중에 홍남국밥집을

쑥대밭으로, 그리고 영실을 반병신으로 만들어 병원에 입원시켰었다.

그걸로 일이 다 끝났으니까 연길 같은 좁은 바닥에서 혹사 파하고 싸우는 것은 좋지 않다는 생각에 정필은 겨우겨우 분노를 가라앉혔었다.

그런데 바로 여기에서 느닷없이 그 새끼 중 한 명의 상판때기를 보니까 눈이 확 뒤집혀서 다짜고짜 달려들면서 박치기로 얼굴을 짓이겨 버린 것이다.

박치기를 당한 장발 사내, 아니, 지금은 머리를 스포츠머리로 짧게 깎았는데 머리에 반달 같은 흉터가 새겨져 있는 놈은 정필을 알아보지 못한 것 같았다.

키는 정필보다 작지만 거구인 사내가 박치기 한 방에 콧등이 깨져서 뒤로 벌렁 자빠졌다.

정필은 등 뒤로 재빨리 문을 닫고 쓰러진 사내에게 달려들면서 실내를 살폈다.

입구 조금 안쪽에는 소파와 테이블이 있고, 그 너머에 문 하나가 더 있는데 거기가 침실인 것 같았다. 하지만 실내에는 아무도 없었다.

"으으… 이런 호래자식이……."

사내가 피투성이 얼굴을 하고 조선말로 중얼거리며 일어나려는 것을 정필이 득달같이 달려들어 왼손으로 멱살을 쥐고 오른손 주먹으로 무차별 얼굴을 두들겨 팼다.

퍽퍽퍽퍽퍽!

대여섯 대 갈기니까 사내는 기절해서 때릴 때마다 고개가 제멋대로 흔들거리는데도 정필은 멈추지 않고 대여섯 대 더 때려서 얼굴을 완전히 짓이겨 버렸다.

얼굴이 피투성이가 된 사내는 사지를 늘어뜨리고 뻗었는데 이미 기절한 상태다.

정필은 사내의 옷에 피 묻은 주먹을 닦으면서 저만치 침실 문을 쏘아보았지만 아무런 기척이 없다.

방금 전에 뻗어버린 사내가 문을 여는 소리와 정필이 사내 얼굴에 박치기하는 소리, 그리고 얼굴을 피떡으로 만드는 십여 대의 주먹질 소리가 그다지 크지는 않았지만 작은 소리도 아니었는데, 침실에서 아무 반응도 없다는 것은 말이 안 된다고 정필은 판단했다.

저 안에 누가 있든지 밖에서 심상치 않은 일이 벌어졌다는 사실을 눈치 정도는 챘으며, 그래서 놈들은 공격에 대비하고 있을 것이다.

정필은 오른쪽 청바지를 걷어 올려 총신이 긴 cz—75에 비해서 3분의 2 정도 크기인 글록17을 뽑아 오른손에 움켜쥐고 문으로 다가가 문 옆에서 조용한 목소리로 말했다.

"혜주야."

"선생님, 저 여기……."

짜악!

"악!"

정필의 부름에 침실 안에서 혜주가 대답하다가 갑자기 둔탁한 소리와 함께 날카로운 비명을 터뜨렸다. 혜주가 대답하다가 뺨이라도 맞은 모양이다.

확!

정필은 글록17을 쥔 오른손을 등 뒤에 감추고 왼손으로 재빨리 문고리를 돌리며 앞으로 확 밀고는 제자리에서 움직이지 않았다.

그런데 문이 잠겼을 수도 있을 거라고 생각했으나 의외로 쉽게 안으로 벌컥 열렸다. 정필을 안으로 유인하려는 작전인 듯했다.

쉬잉—

정필은 문만 안으로 밀어서 열었을 뿐이지 몸은 문 바깥쪽에 서 있는 상황인데, 뭔가 고막을 날카롭게 울리는 바람 소리와 함께 하얗게 빛나는 것이 왼쪽에서 아래로 그어져 내렸다.

칵!

그것은 건달들이 사용하는 커다란 칼, 즉 대도이며 문 안 왼쪽에 서 있던 사내가 그대로 내리그은 것인데 바닥을 찍고 말았다.

만약 정필이 멋모르고 들어갔으면 머리통 절반이 잘라졌을 것이다.

휘익!

정필은 사내가 대도를 들어 올리려고 할 때 재빨리 실내로 달려 들어가면서 왼쪽으로 몸을 틀어 권총 손잡이로 사내의 광대뼈를 갈겼다.

딱!

"윽!"

비틀거리면서 무너지려는 사내의 옆구리를 발끝으로 찍고, 주저앉는 것을 다시 무릎으로 턱을 올려 찼다.

뻑!

"끄윽!"

눈에서 초점을 잃은 사내가 벽에 기대어 스르르 주저앉고 있을 때 정필은 재빨리 몸을 돌리면서 실내를 훑어보다가 한 곳에 시선을 뚝 멈추었다.

3m쯤 전면 침대 위에 벌거벗은 여자가 누워 있는데 혜주 엄마인 것 같았다.

그리고 그녀 옆에 역시 벌거벗은 한 사내가 무릎을 꿇고 상체를 곧추세운 자세로 30㎝ 길이의 짧은 칼을 혜주 엄마 목에 대고 있었다.

침대 옆 정필 쪽 바닥에 혜주가 서서 눈물을 흘리며 정필을 바라보고 있는데 혜주 역시 벌거벗은 몸이다.

이제 보니까 방금 전에 정필에게 대도를 휘둘렀던 사내도 벌거벗은 몸으로 뻗어 있다.

아마 이 두 놈은 침실 안에서 혜주 모녀를 강간하고 있었던 모양이다.

"개새끼들……."

정필의 얼굴이 보기 싫게 일그러지고 입에서 저절로 욕이 흘러나왔다.

어떻게 된 놈의 새끼들이 여자만, 그것도 북한 여자만 보면 강간을 한다는 말인가.

세상 속을 들여다보면 원래 그렇게 막 돌아가고 있는 것인지, 아니면 여기 북한하고 중국의 접경 지역만 그런 것인지 정말 이가 갈리는 일이다.

침대 위에서 혜주 엄마에게 칼을 겨누고 있는 사내의 아랫도리에서 아직 발기가 사그라지지 않은 물건이 꺼떡거리고 있는데 희끄무레한 액체가 범벅이다.

사내새끼들은 저 물건으로 불쌍한 여자들을 마구 찔러대는 것이 무슨 자랑인 줄 아는 모양이다.

혜주는 사내들에게 맞았는지 얼굴과 몸이 울긋불긋한 멍투성이고 코와 입에서 피를 흘리고 있으며 조금 전에 뺨을 맞은 듯한 한쪽 얼굴이 벌겋게 퉁퉁 부었다.

침대 위에 누워 있는 혜주 엄마도 정필을 바라보고 있는데 얼굴이 짓이겨져서 피투성이 끔찍한 모습으로 원래 그녀의 발레리나처럼 우아한 얼굴을 전혀 알아볼 수가 없다. 그녀는 정필을 바라보기만 할 뿐 아무 말도 하지 못했다.

정필은 칼을 쥔 사내의 사정권 밖에 있는 혜주에게 고개를 끄떡이며 왼손을 뻗었다.

"혜주야, 이리 와라."

혜주는 겁먹은, 아니, 공포에 질린 얼굴로 침대 위의 사내를 힐끗 쳐다보고는 주춤거리면서 정필에게 걸어왔다.

그런데 돌아선 혜주의 아랫도리를 본 정필의 눈에서 불길이 뿜어지고 얼굴이 와락 보기 싫게 일그러졌다.

뽀얗고 흰 혜주의 양쪽 허벅지에서 피가 줄줄 흐르고 있었다. 핏물의 진원지는 혜주의 음부다.

그곳은 완전히 피범벅이 되어 그녀가 걸을 때마다 새빨간 피가 샘물처럼 솟구쳤다. 저 어린아이를 이놈들이 강간을 한 게 틀림없다.

"이 쌍놈의 새끼들……."

정필은 터지려는 분노를 억누르려고 어깨를 들먹이며 맹수처럼 으르렁거렸다.

"아아……."

그런데 혜주는 걸어오는 도중에 아랫배를 부여안고 바닥에 털썩 주저앉아 울면서 정필을 바라보았다.

"선생님……."

정필은 혜주가 내민 손을 잡고 끌어당겨 자신의 옆에 앉히고 나서 침대 위의 사내를 권총으로 겨누며 성난 얼굴로 노려보았다.

"칼 버리고 침대에서 내려와라."

침대 위의 사내는 정필이 처음 보는 얼굴이다. 그는 잔뜩 긴장한 얼굴로 쥐고 있는 칼을 혜주 엄마의 목에 찌를 듯이 가깝게 들이대며 험한 표정을 지었다.

"너 이 새끼, 이년 죽는 꼴 보고 싶은 거이냐?"

"네 마음대로 해라. 그러면 나도 널 쏠 테다."

정필 입에서 전혀 예상하지 않았던 말이 나오자 건장한 근육질의 35세 정도의 사내는 움찔 몸을 떨었다.

"내가 먼저 널 쏠까?"

정필은 위협을 하면서 정말 쏠 것처럼 권총을 쥔 팔을 쭉 뻗으면서 한 걸음 앞으로 나갔다.

"으으… 너 이 새끼… 이년 정말로 죽이가서……."

"네 마음대로 해보란 말이다! 이 병신새끼야! 말로만 떠들고 왜 못 죽이는 거냐? 그만한 배짱도 없는 새끼가 누굴 협박하는 거야?"

사내의 얼굴이 보기 싫게 일그러졌다.

"이 개새끼야! 셋 셀 동안 칼 버리지 않으면 그냥 쏴버리겠다. 하나… 둘……."

"버, 버린다!"

정필이 마지막 위협을 하자 사내가 놀라서 급히 칼을 침대 아래에 던졌다.

정필은 권총으로 사내를 겨누고 걸어갔다.

"내려와서 바닥에 무릎 꿇어!"

사내는 말 잘 듣는 강아지처럼 바닥에 얌전하게 무릎 꿇으면서 정필의 눈치를 살폈다.

정필은 사내 앞에 다가서자마자 발끝으로 냅다 사내의 앙가슴을 내질렀다.

픽!

"끅!"

이어서 뒤로 벌렁 자빠진 사내의 얼굴을 발로 마구 짓이겨 밟았다.

콱콱콱퍽퍽!

"이 짐승 같은 새끼들아! 내 동포를 건드는 놈들은 살 가치가 없다는 말이다!"

분노한 정필은 사내의 얼굴이고 가슴, 옆구리를 미친 듯이 짓이기고 걷어찼다.

사내가 기절했는지 죽었는지 아무런 반응이 없자 이번에는 대도를 쥐고 쓰러져 있는 사내에게 가서 죽도록 발로 짓밟이 버렸다.

"개새끼들… 저 어린애를 강간해? 이 죽일 놈의 새끼들! 저 모녀가 니들한테 무슨 잘못을 했냐?"

그는 문 밖으로 나가서 현관 근처에 쓰러져 있는 사내도 질 질 끌고 들어와서 아예 죽일 것처럼 짓밟아놓았다.

정필은 혜주 엄마가 강간을 당한 것도 그렇지만 어린 혜주 를 짓밟았다는 사실에 머리 꼭대기까지 분노하여 이성을 잃 고 광분했다.

그는 잠시 후에 피투성이가 되어 축 늘어진 사내에게서 물 러나 혜주에게 갔다.

"아아……."

혜주 엄마는 누운 채 바들바들 떨면서 신음 소리를 냈다.

정필은 청바지를 걷어 올려 글록17을 홀스터에 꽂고 혜주를 조심스럽게 안아서 침대에 앉히며 위로하듯 혜주 엄마를 쳐다 보았다.

"이제 괜찮습니다."

"아아… 내는 움직일 수가 없슴다……."

정필이 혜주 엄마 옆으로 다가가서 자세히 살펴보고는 눈 살을 찌푸렸다.

그녀는 얼마나 맞았는지 얼굴이 퉁퉁 부었고 코피는 물론이고 찢어지고 터진 입술에서도 피가 흘렀다. 또한 어깨와 옆구리, 허벅지 온몸에 멍이 울긋불긋했다.

"방금 그놈이 나를 겁탈했슴다… 나는 혜주를 보호하려고… 그런데 나를 이렇게 때리더니 저기… 문가에 있는 놈이 우리 혜주를… 혜주를… 으흑!"

혜주 엄마는 하소연하듯이 말하다가 오열을 터뜨렸다.

"선생님……."

혜주가 정필을 보면서 눈물을 주르르 흘렸다.

"고맙슴다, 선생님."

정필은 가슴이 짓이겨지는 것 같은 심정을 간신히 참으면서 혜주를 안아서 무릎에 앉히고 꼭 끌어안고는 머리를 쓰다듬었다.

"고마울 것 없다. 전화 잘했다."

혜주 엄마가 울먹이며 말했다.

"그때 선생님을 따라갔었더라면 이런 꼴은… 흑흑……."

14살 어린 혜주는 많이 맞고 또 강간을 당한 바람에 제대로 걷지도 움직이지도 못했다.

하지만 얼굴도 그렇지만 아랫도리가 온통 피투성이라서 씻어야지만 옷을 입혀서 데리고 나갈 수가 있는 상황이다.

"움직일 수 있겠니?"

"선생님, 저는……."

혜주는 침대에서 내려와 조금 걷더니 풀썩 주저앉으며 안타까운 표정을 지었다. 그러는 중에도 음부에서 계속 피가 쏟아져 나왔다.

침대에 꼼짝하지 못하고 누워 있는 혜주 엄마가 정필에게 부탁했다.

"선생님이 혜주를 씻겨주기요."

정필이 혜주에게 물었다.

"그래도 괜찮겠니?"

혜주가 애써 미소를 지어 보였다.

"선생님은 괜찮습다."

정필은 옷이 젖으면 안 되겠기에 팬티만 입고 혜주를 안아 욕실로 들어가 샤워기로 따뜻한 물을 뿌려서 씻어주었다.

살아서 움직이는 인형처럼 어여쁜 혜주의 몸은 또래의 다른 북한 여자아이들하고는 달리 제법 성숙했다.

아마도 좋은 환경에서 잘 먹으면서 고이 자랐기 때문인 것 같았다.

키는 150㎝ 정도에 조그만 가슴이 봉긋했고 허리는 잘록했으며 상체보다 하체가 길고 미끈했다. 그리고 은밀한 부위에는 솜털처럼 음모가 보송하게 자라 있었다.

혜주가 탈 없이 잘 큰다면 몇 년 후에는 대단한 미인이 될 것이 분명할 것 같았다.

처음에 정필이 혜주를 씻길 때 그녀는 조금 부끄러워하는 것 같더니 이내 그에게 몸을 맡기고 가만히 서 있었다.

정필은 수건으로 혜주의 몸을 닦고 번쩍 안아서 침대로 돌아와 눕혔다.

팬티 차림의 건장한 근육질의 정필은 여전히 누워 있는 혜주 엄마를 굽어보았다.

"어떻게 하겠습니까? 좀 씻어야 할 텐데……."

"……."

혜주 엄마는 감았던 눈을 뜨고 정필을 바라보았다. 얼굴이 짓이겨졌기 때문에 그녀가 어떤 표정을 짓고 있는지 알 수가 없다.

"저는 혜주처럼 설 수도 없을 거 같습니다."

"그럼 닦기라도 합시다."

정필은 수건을 따뜻한 물에 적셔갖고 와서 혜주 엄마에게 내밀었지만 그녀는 수건을 받으려고 손을 내미는 것조차도 힘겨워했다.

결국 정필이 손을 쓸 수밖에 없게 됐다. 그는 젖은 수건으로 혜주 엄마 얼굴의 피를 조심스럽게 닦았고, 피가 흐르고 튄 가슴 부위와 상체도 닦아주었다.

"아……."

신음 소리 때문에 정필이 잠시 닦는 것을 멈추자 혜주 엄마가 사과했다.

"미안해요."

여자가 이런 참담한 상황에 처하면 절망에 빠져서 통곡이라도 하는 게 정상일 텐데 혜주 엄마는 정말 꼿꼿했다. 조금 전에 오열을 하더니 지금은 언제 그랬냐는 듯 차분해졌다.

얼굴의 피를 말끔히 닦아냈는데도 혜주 엄마의 원래 모습은 알아보지 못할 정도로 붓고 일그러졌다.

"됐습니다."

닦기를 끝내고 몸을 일으키면서 그녀의 몸을 위에서 아래로 훑어보던 정필의 시선이 한곳에 멈추었다.

약간 다리를 벌리고 있는 그녀의 음부에서 희뿌연 액체가 꾸물꾸물 흘러나오고 있는 게 보였다. 그녀를 강간한 사내의 정액일 것이다.

혜주 엄마는 정필이 어딜 보고 있는지, 그리고 무엇 때문에 그러는지 짐작하고 갑자기 서러움이 왈칵 밀려들어 입술을 깨물면서 말했다.

"저놈들은 처음부터 우릴 강간하려고 온 거임다……."

혜주 엄마는 분노 때문인지 슬픔 때문인지 몸을 부들부들 떨었다.

북한의 다른 깡마른 여자들보다 살결이 희고 몸매가 좋은 그녀의 풍만하고 탱탱한 유방이 출렁거렸다.

정필은 어서 여길 떠야겠다고 생각했으나 혜주 엄마의 말을 자를 수가 없었다.

"저놈들이 혜주 아바이를 죽게 만들고서리 우리까지 죽이려고 온 거이 분명함다……. 우릴 죽이기 전에 욕보이고… 혜주까지……."

정필은 이들 모녀에겐 다른 탈북녀들하고는 다른 특별한 사연이 있을 것이라는 생각이 들었다. 하지만 지금은 한시바삐 여길 뜨는 게 좋다.

그는 아직도 꾸역거리면서 정액이 흘러나오는 혜주 엄마의 음부를 물수건으로 깨끗이 닦아주고는 몸을 일으켰다.

"옷을 입읍시다. 여길 나가야겠습니다."

옷을 입은 정필이 수건으로 자기가 잡았던 문손잡이를 깨끗이 닦고 있는데 딩동! 하는 벨소리가 들렸다.

정필은 조금 긴장하여 재빨리 현관으로 달려갔다. 김길우일 수도 있고 다른 흑사파 놈들일 수도 있다.

외시경으로 밖을 보니까 다행히도 김길우라서 얼른 문을 열어 그의 팔을 잡고 안으로 끌어당기고는 문을 닫았다.

"터터우."

"길우 씨, 빨리 차 가지고 지하 주차장 엘리베이터 근처로 오세요."

"알갔슴다."

정필은 김길우를 문 밖으로 내보내고 난 후에 혜주 모녀에게 옷을 입히러 침실로 들어갔다.

땡!

엘리베이터가 지하 1층에 멈추고 문이 열리자 혜주 엄마를 업은 정필이 배낭을 멘 혜주 손을 잡고 내렸다.

혜주가 걸음을 제대로 걷지 못하고 어기적거렸지만 정필로 선 그녀까지 안을 재주가 없었다.

다행히 엘리베이터에 아무도 없어서 그가 혜주 모녀를 데리고 나오는 것을 본 사람이 없다.

"이 아이 그때 그 계집아이 아님까?"

엘리베이터 앞에서 기다리고 있던 김길우가 혜주를 보고 깜짝 놀랐다.

김길우가 앞서 달려가 가까이 세워둔 볼보 뒷문을 열었고 정필이 뒷자리에 혜주 엄마와 혜주를 태웠다.

"어디로 갑니까?"

"평화의원으로 갑시다."

정필과 김길우는 동시에 운전석과 조수석에 타면서 얘기했다.

"병… 원은 안 됩다……."

그런데 뒷자리에 혜주 무릎을 베고 누운 혜주 엄마가 중얼거렸다.

"그놈들이 우릴 찾아낼 검다……."

정필은 혜주 모녀가 연길의 흑사파하고 얽혀 있을 것이라고 짐작했다. 아까 모녀를 강간한 사내들이 흑사파 놈들이기 때문이다.

볼보가 지하 주차장을 빠져나갈 때 정필이 뒤돌아보면서 혜주 엄마에게 물었다.

"어디 갈 곳이 있습니까?"

모피 코트를 입은 혜주 엄마는 뒷모습을 보이고 누운 채 대답하지 않고 혜주가 대신 대답했다.

"선생님, 우린 아바이 만나러 온 거인데 아까 그 사람들 말이 아바이는 벌써 죽었다는 검다."

나뭇잎이 바스락거리는 듯이 사근사근한 혜주의 울먹이는 목소리가 정필을 착잡하게 만들었다.

"확실한 거니?"

"잘 모릅다. 그 사람들이 아바이를 연길 보위부에 넘겼다고 말했슴다. 그러면서리 보위부가 아바이를 총살시켰을 거라고 말했슴다."

"음."

연길 주재 북한 보위부가 혜주 아버지를 이곳에서 당장 총살시키지는 않았을 것이라는 게 정필의 생각이다. 하지만 순진한 혜주 모녀는 그렇게 믿고 있는 모양이다.

거리로 나선 김길우가 어디로 갈 것인지 정필을 쳐다보며 표정으로 물었다.

정필로서는 혜주 모녀와 아버지에 얽힌 일이 무엇인지 짐작조차도 할 수가 없다.

하지만 혜주 아버지가 연길의 흑사파하고 깊은 연관이 있는 것만은 분명했다.

그렇다면 흑사파와 보위부가 혜주 모녀를 찾아내려고 연길 일대를 샅샅이 뒤질 텐데 베드로의 집이나 영실네 아파트로 데려가는 것은 위험한 일이다.

자칫해서 혜주 모녀가 발각되면 다른 탈북자들까지도 피해를 입을 수 있다. 탈북자에게 피해라는 것은 단 한 가지 중국 공안에게 붙잡혀서 북송되는 것이다.

"그 사람들이 어마이는 술집에 팔 거라고 했슴다. 그리고 저는 영화를 찍게 할 거라고 말했슴다."

혜주의 말에 김길우가 아는 체를 했다.

"흑사파가 북조선 여자들을 술집이나 사창가에 파는 걸로 알고 있슴다. 그리고 영화는……."

김길우는 착잡한 표정을 지었다.

"북조선 여자 중에서 인물이 좋은 여자나 어린아이들은 포르노 영화를 찍는다고 들었슴다."

"그걸 왜 이제 얘기합니까?"

정필이 갑자기 소리를 버럭 질렀다.

"네?"

"그렇게 중요한 걸 이제 말하면 어떻게 합니까?"

"저는……."

"북한 여자들이 술집에 팔려가고 포르노 영화를 찍는 것보다 더 중요한 일이 어디에 있습니까?"

정필은 성격이 다혈질이 아닌데도 그 얘기를 들으니까 머리가 홱 돌아서 소리를 버럭버럭 질렀다.

"죄… 죄송합니다. 저는 그거이 중요한 건 줄 모르고서리… 우리는 북조선에서 도강하는 사람들만 돕는 줄 알고서리… 용서하시라요, 터터우."

김길우가 죽을죄라도 지은 것처럼 전전긍긍하는 걸 보고서야 정필은 자신이 정도 이상으로 화를 냈다는 사실을 깨달았다.

"아… 미안합니다, 길우 씨."

"아닙니다. 제가 부족해서리……."

"우선 사무실로 갑시다."

"네, 터터우."

정필은 혜주와 긴길우의 말을 듣고 가슴속에 먹구름이 잔뜩 낀 것처럼 답답해졌다.

이제 보니까 탈북하는 사람들을 무조건 돕는 것만이 능사가 아닌 것 같았다.

탈북자, 특히 여자들은 중국인이나 조선족에게 돈벌이로 이용되고 있는 것이다.

지금 상황으로는 혜주 모녀를 어디에 데리고 가도 위험하기는 마찬가지다.

그렇다면 가장 안전하고 또 발각됐을 경우 피해가 적을 곳이 바로 사무실이다.

혜주 모녀에게 거기 방 한 칸을 내주고 당분간 두문불출시키면 제아무리 북한 보위부고 흑사파라고 해도 찾아내지 못할 것이다.

정필의 말에 따라서 김길우는 볼보를 사무실 일 층 안쪽의 넓은 전시실로 몰고 들어갔다.

사무실 안쪽에서는 곧장 이 층 살림집으로 올라가는 계단이 있으며 중간에 문이 있어서 이웃의 눈을 피하고 혜주 모녀를 이 층으로 데리고 올라가는 데는 제격이다.

정필이 혜주 엄마를 업고 김길우에게 혜주를 안으라고 했더니 혜주는 정필의 팔에 매달려서 떨어지지 않으려 하고, 잠간 동안이니까 괜찮다고 하는데도 울음을 터뜨리면서 한사코 떨어지지 않으려 했다.

결국 혜주 엄마를 업은 정필이 혜주의 손을 잡고 천천히 계단을 올라 김길우네 집으로 들어갔다.

정필이 사용하려던 방을 혜주 모녀에게 내주었다.

5개의 방 중에서 그 방이 안방 다음으로 크고 또 그 방 안에 제법 큼직한 욕실 겸 화장실이 붙어 있어서 혜주 모녀가 지내기는 안성맞춤이다.

그 방을 나서면 바로 옆에 아래층으로 통하는 계단이 있으며 이 층 입구와 계단 아래쪽에 각각 문이 2개 있으므로 잠가 놓으면 별문제는 없을 것이다.

아직은 침대가 없어서 바닥에 이불을 깔고 혜주 엄마와 혜주를 나란히 눕혔다.

김길우는 혜주 모녀를 보고서 놀란 이연화에게 사정을 설명하는 한편 입단속을 시키러 갔다.

사정을 설명한다고 해도 김길우는 혜주 모녀에 대해서 아는 것이 거의 없기 때문에 그저 탈북자라고만 알려주고 혜주 모녀에 대해서는 절대 입도 벙긋해서는 안 된다고 주의를 주었다.

설혹 주의를 주지 않더라도 탈북자인 이연화는 거의 바깥

출입을 하지 않으며 이웃하고는 말도 섞지 않기 때문에 혜주 모녀에 대해서 발설할 염려는 없는데 노파심에서 그러는 것이다.

처음에 정필은 평화의원의 강명도에게 왕진을 부탁할까 생각했으나 좋지 않을 것 같았다.

강명도가 지금껏 탈북자들을 돕고 있다는 사실이 외부에 흘러 나갔을 수도 있고, 그럴 경우 누군가 그를 감시하고 있다가 미행을 할지도 모른다는 것에 생각이 미쳤다.

그렇지만 혜주 모녀를 저렇게 심하게 다친 상태로 내버려 둘 수는 없는 일이다.

더구나 혜주 엄마는 아까 물수건으로 닦아주면서 살펴봤지만 얼굴은 멍이 들고 피부가 조금 찢어졌으며 입술이 터진 것 외에는 큰 문제가 없는 것 같았지만 문제는 몸이다. 어깨와 옆구리, 가슴이 너무 아파서 숨조차 제대로 쉬지 못하고 왼쪽 다리 무릎과 허벅지 뒤쪽이 새파랗게 멍들었는데 일어서지도 못했다.

그냥 타박상 정도라면 차츰 나아지겠지만 혹시 뼈라도 부러졌으면 접골을 해야지 이대로 놔둘 수가 없다.

"혜주 어머니, 한번 일어나 보겠습니까?"

의술에 대해서는 모르지만 특전사에서 배운 응급 진단이나 치료법은 숙지한 상태라서 정필은 나름대로 자신의 지식을 동원하여 혜주 엄마의 골절 여부를 확인해 볼 생각이다.

골절됐다면 무리를 해서라도 강명도를 불러와야겠지만 그게 아니라면 약국에서 사 온 약만으로 치료가 가능할 것이기 때문이다.

정필은 모피 코트를 벗기고 실크 블라우스와 바지 차림의 혜주 엄마를 부축해서 일으켰다.

만약 그녀가 두 발로 바닥을 딛고 설 수 있다면 무릎이나 허벅지 뼈가 부러지지는 않은 것이다.

정필은 무릎을 구부려서 키를 혜주 엄마와 맞추고 그녀의 팔을 어깨에 얹고 자신의 팔을 그녀의 허리에 둘러서 천천히 일으켜 세웠다.

"아아……."

그녀는 발바닥을 바닥에 딛지도 못한 상태에서 자지러지는 신음을 터뜨렸다.

어쩌면 하체가 아니라 상체, 즉 어깨나 가슴, 옆구리가 아파서 그러는지도 모른다.

일어서게 하는 방법은 도저히 안 될 것 같아서 그녀를 다시 눕혔다.

"뼈가 아픈 것 같습니까? 아니면 살이나 근육이 아픈 것 같습니까?"

"모… 르겠습다. 아아……."

결국 정필은 자신의 두 손으로 상처 부위를 직접 어루만져서 상태를 확인하기로 했다. 골절된 거라면 손이 닿자마자 죽는다고 비명을 지를 것이고, 타박상이라면 욱신거리는 정도일 것이다.

한바탕 전쟁을 치르고 나서야 정필은 혜주 엄마가 다행히 골절된 곳이 없다는 사실을 최종 확인했다.

"음······."

그런데 정필이 한숨 돌릴 무렵 옆에 누워 있는 혜주가 신음 소리를 냈다.

혜주를 쳐다보다가 정필은 움찔 놀랐다. 혜주가 입은 바지의 사타구니가 아예 새빨갛게 피로 물들었다. 바지뿐만 아니라 그 아래 이불까지 흠뻑 젖었다.

"혜주야."

여자에 대해서, 더구나 혜주 같은 어린 소녀가 강간을 당한 경우에 대해서는 더더욱 알지 못하는 정필은 당황해서 허둥거렸다.

"씻을까?"

혜주는 배가 아픈지 잔뜩 얼굴을 찡그리고 누워서 정필을 바라보았다.

"선생님··· 지사기 있습까?"

"지사기?"

"지사기 모름까? 아기들 사타구니에 차는 거 말임다."

"아… 기저귀?"

정필의 머리를 퍼뜩 스치는 게 있다.

"생리대 말이니?"

"생리대가 뭐임까?"

"여자들 생리… 아니, 월경할 때 쓰는 것 말이다."

"아… 월경대 말임까? 고거이 있으면 좀 얻어주시라요."

정필은 이연화에게 생리대를 얻어 와서 혜주를 욕실에서
다시 씻겼다.

씻으면서 보니까 엄마만큼은 아니어도 혜주도 몸 여러 군데
에 멍이 심하게 들었다.

지금껏 한 번도 생리대라는 것을 구경조차 해본 적이 없었
던 정필은 혜주의 지시를 받으며 어렵게 그녀에게 생리대를
채워주었다.

정필이 혜주 엄마의 골절 상태를 알아보고 또 혜주를 씻기
는 동안 전화국 직원이 와서 이 층의 집과 일 층 사무실에 전
화를 개설했으며, 김길우가 주문한 가구들이 속속 도착해서
각 방에 들여놓아졌다.

가구점 사람들이 돌아간 후에 정필의 방에 침대와 책상을

들여놨다. 김길우가 정필의 침대로는 가구점에서 제일 크고 좋은 킹사이즈를 샀다. 혜주 모녀가 올 줄 모르고 산 것이지만 어른 서너 명이 누워도 자리가 남을 정도로 큼직하고 편했다.

　새 침대에 푹신하고 좋은 이불을 깔았으며 그걸 개시한 사람은 혜주 모녀다.

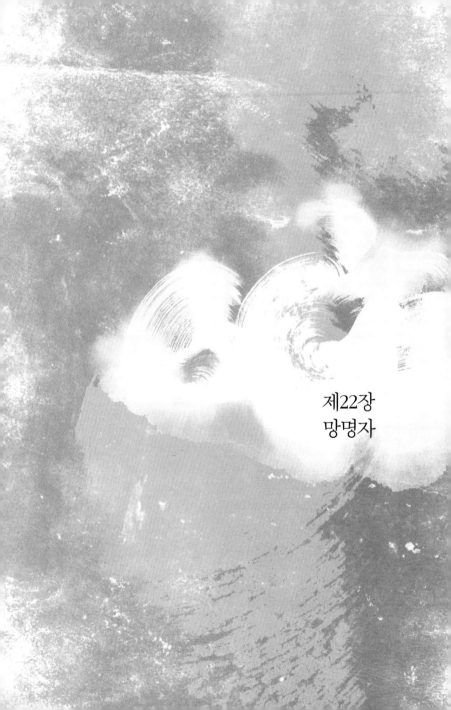

제22장
망명자

　김길우의 연락을 받고 서동원이 찾아왔기에 정필은 그를 만나러 일 층 사무실로 내려갔다.

　차량 전시실 한쪽에 10평 정도 크기의 사무실 구석을 차지한 새로 들여놓은 소파에 앉은 세 사람은 김길우가 타 온 커피를 마시면서 대화를 나누었다.

　김길우가 서동원이 할 일, 즉 중국과 러시아의 국경 지대에 있는 흑하에 가서 연대호라는 사람을 만나 은주 엄마 김금화 씨를 찾는 것에 대해서 자세히 설명을 해주었다.

　김길우의 설명이 끝나고 나서 정필이 서동원에게 만 위안이 담긴 봉투를 주면서 당부했다.

"김금화 씨를 산 사람에게 만 위안을 주고 그녀를 되사도록 해보십시오."

김금화는 44세라고 했다. 그 정도 나이면 그녀를 산 중국인이 3천 위안 이상은 내지 않았을 테니까 서동원이 만 위안을 주면 그녀를 되팔지도 모른다고 예상했다.

만약 팔지 않겠다고 하면 최후의 방법이 있다. 김금화를 납치해 오는 것이다.

서동원이 연길에 은주와 은철이, 남편 조석근이 머물고 있다는 얘기를 하면 그녀가 무조건 따라오려고 할 테니까 데려오는 것은 별문제가 없을 것이라는 게 정필과 김길우의 생각이다.

"차를 한 대 렌트하세요."

연길에서 흑하까지는 고속도로가 없어서 무려 1,500㎞ 이상의 엄청난 거리다.

김길우가 알아봤는데 버스를 이용하면 흑하에 가는 데만 4일 이상 걸린다는 것이다.

더구나 김금화를 데려올 때 한시라도 빨리 흑하에서 도망쳐야 하는 상황이라면 대중교통보다는 차가 있어야 유리할 것이다.

"쓸 만한 승용차 하루 빌리는 데 250위안입니다."

"흑하까지 편도 얼마나 걸립니까?"

김길우는 계산기를 꺼내서 두드려 보고 나서 대답했다.

"가는 데만 꼬박 20시간 이상 걸립니다."

정필이 서동원에게 당부했다.

"여기 사무실로 하루에 2번 이상 전화하십시오."

"그러갔슴다."

"아!"

그런데 김길우가 생각난 듯이 뭔가를 주머니에서 꺼내 정필에게 내밀었다.

"이거 터터우 창후지(傳呼機:무선호출기)입니다. 진작 사드렸어야 하는데 늦었습니다."

"고맙습니다."

정필은 무선호출기가 필요하다는 생각은 했었는데 김길우가 사 올 줄은 예상하지 못했다.

김길우가 청강호에게 연락을 하여 어렵사리 만남이 이루어졌다.

청강호는 북한에 살고 있는 화교 장사꾼이라서 중국과 북한에서 각각 절반씩 지내기 때문에 연락이 되지 않을 때가 많다는 것이다.

정필이 다방에서 청강호와 단둘이 얘기를 하는 동안 김길우는 근처 약국에 혜주 모녀가 쓸 약을 사러갔다.

정필의 할머니와 작은아버지가 회령 오산덕에 살아계시다
는 말을 들은 청강호는 크게 놀랐다.

"그게 정말이오?"

"정말입니다. 회령 오산덕에 그분들이 살아계신 걸 확인했
습니다."

"하아… 그렇다면 나한테 돈을 받고서리 그분들이 죽었다
고 알려준 북조선 호적부의 그 아새끼래 무슨 개소리를 한 거
이야?"

정필은 씁쓸한 표정을 지었다.

"그 사람이 거짓말을 한 것 같습니다."

청강호는 허공에 주먹을 휘둘렀다.

"기니끼니 북조선 아새끼들은 믿을 거이 못 된다는 말이
오."

그는 궁금한 표정으로 물었다.

"그런데 선생은 그거이 어떻게 알아냈소?"

"회령 오산덕에서 탈북한 사람을 만났습니다. 그 사람이 할
머니와 작은아버지를 잘 알고 있었습니다."

혼령인 은애가 알아냈다는 말을 할 수는 없어서 대충 둘러
댔다.

"호오, 길타면 정확한 거이겠구먼."

"청 선생께서 회령에 직접 가셔서 힐머니와 작은아버지를 만나주십시오."

청강호는 고개를 갸웃거리며 난색을 표했다.

"회령 쪽은 당분간 갈 일이 없는데……."

청강호의 말인즉, 자기는 중국제 여러 가지 생필품을 갖고 북한에 들어가 온성군 일대 장마당에서 팔거나 도매로 넘기는 일을 주로 하는데, 회령은 도문에서 꽤 멀어 한 번 다녀오려면 경비가 많이 들어서 수지타산이 맞지 않기 때문에 특별한 일이 없으면 가지 않는다는 것이다.

"수고비를 두둑하게 드리겠습니다."

"하아… 지난번에 내가 잘못된 정보를 알아다 준 것도 있어서리 수고비는 받지 않겠소."

정필은 처음에 청강호를 좋게 봤었는데 역시 그는 돈만 밝히는 사람이 아닌 것 같았다.

"회령에 가려면… 어디 보자……."

그는 뭔가를 곰곰이 생각하고 나서 말했다.

"이달 말쯤이 어떻겠소?"

정필은 난색을 표했다.

"너무 늦습니다. 그런데 이달 말이어야만 하는 무슨 이유가 있습니까?"

청강호는 엄지와 검지를 동그랗게 말아서 내보였다.

"그때쯤 돈이 좀 생길 것 같아서 그러오."

"무슨 뜻입니까?"

"북한에 드나드는 밀수꾼들이 가장 가고 싶어 하는 곳 중에 한 군데가 회령이오."

정필은 묵묵히 듣기만 했다.

"회령에는 말이오, 두만강으로 흘러드는 작은 하천이 여러 개가 있는데 거기에서 금이 나오고 있소. 사금(砂金) 말이오. 북조선 사람들이 하천에서 몰래 그걸 캐서 갖고 있다가 우리 같은 장사꾼이나 밀수꾼들한테 파는 거요."

정필로서는 전혀 뜻밖의 얘기다.

"북조선 사람들이 사금을 캐서 당에 바치면 석 돈이라고 해도 기껏해야 옥수수 다섯 키로(5㎏)나 설탕, 들기름 두 키로(2㎏) 정도 받고 끝이란 말이오."

"그걸 얼마에 사 옵니까?"

"한 돈에 100위안에 사서 중국에 500위안에 파오. 한 돈당 400위안이 남는 거저먹기 장사요."

"헐값이군요."

"그렇게 사금값이 정해져 있기 때문에 어쩔 수 없소. 나만 사금값을 더 쳐줬다가는 다른 밀수꾼들한테 쥐도 새도 모르게 목이 달아나고 말 거요. 더구나 북조선 사람이 100위안이면 한 가족이 한 달은 먹고 살 수 있으니 적은 돈이 아니란 말이오."

청강호는 담배를 꺼내서 정필에게 한 개비 주고 자신도 입에 물고 불을 붙였다.

"후우… 내가 이달 말쯤에 목돈이 생기는데 그걸 갖고서 회령에 가서 사금을 좀 사면서리 최 선생 할머니에 대해서 알아봐 주겠소."

"청 선생은 사금을 얼마나 살 계획입니까?"

"많이는 못 사고 한 100돈쯤 살 생각이오."

한 돈에 100위안을 주고 산다면 100돈을 사려면 만 위안이 필요하다. 달러로는 2천 달러다. 중국이나 북한에서는 웬만한 사람이라면 평생 구경조차 하지 못할 거금이다.

"한 번 회령에 들어가기가 힘드니까 가는 길에 선생 할머니도 만나보고 사금도 사야겠소."

"돈 때문이라면 이렇게 하는 건 어떻겠습니까?"

"뭘 말이오?"

청강호가 이달 말이나 돼야 만 위안이 생긴다니까 정필이 임시변통을 해주려는 것이다.

"내가 5천 달러 정도 빌려 드릴 테니까 이번 주 안에 가도록 하십시오."

5천 달러면 2만 5천 위안이니 엄청난 금액이라서 청강호의 눈이 휘둥그렇게 커졌다.

"5천… 달러라고 했소?"

"그렇습니다."

"인민폐 말고 달러 말이오."

"그렇습니다."

5천 달러면 북한에서 사금 250돈을 살 수 있는 어마어마한 거금이다. 그리고 그걸 중국에 가져와서 팔면 5배인 2만5천 달러를 번다는 것이다.

"정말이오?"

"회령으로 들어가는 날 5천 달러 드리겠습니다."

"하아… 이거야……."

청강호는 헤벌쭉 웃으며 기쁜 표정을 지었다.

"그러면 내가 이문의 절반을 최 선생에게 드리겠소."

"그러지 않아도 됩니다."

정필이 손을 젓자 청강호는 더 크게 손을 내저었다.

"무슨 소리요? 투자를 했으면 이득을 보는 게 당연한 거이 아니오? 이문을 절반씩 나누지 않겠다면 하지 않겠다는 말로 알아듣겠소."

정필은 청강호가 강직한 성품이라는 사실까지 알게 되어 그에게 더욱 신뢰가 갔다.

"알겠습니다."

청강호가 손을 내밀고 정필이 그 손을 잡았다.

칙!

"그럼 거래된 거이오."

"그렇습니다."

정필이 청강호의 손을 놓으면서 물었다.

"북한에 금이 많습니까?"

청강호는 껄껄 웃었다.

"북조선 금 매장량이 세계 6위요. 2천 톤쯤 매장되었다고 하오. 그거이 대부분 함북에 몰려 있소. 북조선 사람들이 몰래몰래 사금을 캐는데도 한 가족이 달라붙으면 한 달에 20~30돈 캐는 거이 일도 아니라는 거요. 글티만 사금을 캐다가 발각되면 그 길로 가족 전체가 정치범 수용소에 끌려가서리 죽을 때까지 나오지 못하오. 사금 한번 잘못 캐면 일가족이 몰살당하는 거이니까 목숨 내걸고 하는 거요."

"중국에서도 금 단위를 '돈'이라고 합니까?"

"아니오. 중국에선 그램으로 사고파오. 여긴 조선족이 많으니까 '돈'을 쓰는 게요."

청강호는 웃음을 그치지 않았다.

"사실 나처럼 북조선에 자유롭게 드나드는 사람들은 자금만 두둑하면 돈 버는 거이 땅 짚고 헤엄치기요. 이번에 5천 달러 갖고서 회령에 한 번 다녀오면 돈을 짭짤하게 벌 테니끼니 이제 나도 큰 돈벌이를 해야겠소."

그는 담배를 재떨이에 비벼서 껐다.

"지금은 강들이 다 얼어서 사금 채취가 어려우니까 그렇지, 강이 녹으면 북조선 사금을 무진장 사들일 수 있소. 거기에 북조선 보안원을 한 명 끼면 열 키로(10㎏)사는 것도 문제가 없다는 말이오."

정필은 나간 지 2시간쯤 지나서 다시 김길우네 살림집으로 돌아왔다.

똑똑똑…….

"혜주야."

정필이 굳게 잠긴 방문을 두드리자 한참이 지나서야 문이 열리고 혜주가 환한 얼굴로 반겼다.

"선생님!"

침대에 누워 있던 혜주가 문까지 오는 데 3분 이상 걸렸으니까 걷는 것이 그만큼 고통스럽다는 뜻이다.

정필이 문을 닫고 돌아서자 혜주가 그의 손을 잡고 침대로 걸어가는데 끙끙 신음 소리를 내면서 여간 고통스러워하는 게 아니다.

정필은 혜주를 안아 침대에 앉히고 머리를 쓰다듬었다.

"혜주야, 이제부터는 나를 오라바이라고 불러도 된다."

혜주는 눈을 반짝거렸다.

"알갔습다."

"혜주 어머니, 약 사 왔습니다."

정필은 주로 타박상과 찢어진 상처에 바르는 연고, 붙이는 파스, 염증이 생기지 않도록 하는 내복약 등을 침대에 펼쳐놓았다.

"잠시 기다리세요. 김길우 씨 부인을 데려와서 약을 바르게 하겠습니다."

"선생님……!"

"오라바이."

정필이 일어서자 혜주 모녀가 동시에 그를 불렀다.

혜주 모녀는 나란히 누워서 정필을 바라보는데 혜주 엄마 얼굴은 일그러져서 표정을 알 수가 없고, 혜주는 애원하는 듯한 표정을 지었다.

"저는 오라바이가 약을 발라주셨으면 좋겠습다."

"이 사람 저 사람한테 벗은 몸을 보여주는 거이 싫습다. 선생님이 해주시라요."

혜주 모녀는 서로 의논을 한 것도 아닌데 같은 심정으로 부탁을 했다.

정필은 난감한 표정을 지었다.

"나는 남자입니다. 그러니까 아무래도 여자가……."

"우리가 선생님한테 더 이상 감추고 부끄러운 거이 뭐이가 있겠슴까?"

하긴 혜주 엄마 말이 옳다. 정필은 혜주 모녀가 강간당한 모습을 목격했으며 그녀들을 일일이 씻기고 닦아주기까지 했는데 이제 와서 약을 발라주지 못할 것도 없다.

"알겠습니다."

정필이 돌아서자 혜주 엄마가 눈을 감은 채 말했다.

"혜주부터 부탁합니다."

정필은 혜주의 옷을 모두 벗겼다. 혜주는 목과 어깨, 가슴, 배, 종아리에 타박상을 입어서 눈처럼 흰 살결에 울긋불긋하게 멍이 든 모습이다.

정필이 목에 약을 발라주자 혜주는 믿음이 담뿍 담긴 눈빛으로 그를 바라보며 말했다.

"제가 반항하니까 그 사람이 저를 때리고 목을 졸라서 저는 이렇게 죽는구나 생각했슴다."

혜주는 그 당시의 일이 생각나는지 크고 맑은 두 눈에 눈물이 그득하게 고였다.

정필은 약을 발라주면서 혜주가 당한 엄청난 고통을 조금쯤 느낄 수 있을 것 같아서 착잡함을 금치 못했다.

14살짜리 어린 소녀가 낯선 중국 땅에서 짐승 같은 사내에게 강간을 당하는 엄청난 경험을 겪었는데도 혜주는 씩씩하게 잘 견디고 있었다.

그것은 아마도 정필이라는 든든한 버팀목이 큰 위로가 돼 주고 있기 때문일 것이다.

혜주는 특히 아직 덜 자란 봉긋한 젖가슴이 온통 멍투성이 였는데, 정필은 그게 그녀를 강간한 사내가 쥐어뜯고 또 입으로 심하게 빨아서 그랬을 것이라고 짐작하니 아까 그놈들을 죽이지 않았던 것이 후회가 됐다.

하지만 그 세 놈을 호텔에서 죽이게 되면 시체를 끌고 나와야 하고 또 처리를 하는데 애를 먹었을 테니까 어쩔 수 없는 일이었다.

정필은 묵묵히 혜주의 젖가슴에 연고를 듬뿍 발라 골고루 문질러 주었다.

"선생님, 혜주 거기를 봐주기요. 아무래도 찢어져서 계속 피가 나는 거 같습니다."

혜주 엄마가 눈을 감고 중얼거렸다. '거기'라는 것은 혜주의 음부를 가리키는 것이다. 혜주 엄마는 타인이며 남자인 정필에게 소중한 딸의 음부를 봐달라고 부탁을 할 정도로 그를 신임하고 있었다.

아직 덜 성숙한 어린 소녀의 그곳을 짐승 같은 놈이 커다란 물건으로 짓이겨 놨으니 찢어졌다고 해도 이상한 일이 아닐 것이다.

14살 어린 소녀의 음부는 아직 남자를 받아들일 준비가 되지 못한 미성숙 상태인데 그걸 강제로 짓밟았으니 상처를 입었을 것이다.

여자에 대해서는 아무것도 모르는 정필은 거기까지는 미처 생각이 닿지 않았었다.

정필은 잠시 망설였으나 자신이 이 모녀에겐 의사나 다름이 없다는 생각을 하니까 거부감이 많이 가셨다.

피가 묻은 생리대를 벗겨내고 자세히 살펴보니까 과연 혜주의 그곳은 온통 벌겋게 부었고 겉과 속 여러 곳에 상처가 나 있어서 계속 찔끔찔끔 피가 흐르고 있었다.

정필이 솜으로 음부를 깨끗이 닦아내고 겉과 속에 연고를 고루 발라주는 동안 혜주는 눈을 꼭 감고 두 주먹을 움켜쥔 채 신음을 간신히 참았다.

"후우……."

정신적으로 힘들었던 정필은 한숨을 내쉬면서 고개를 들다가 자신을 말끄러미 바라보는 혜주와 눈이 마주쳤다.

"이제 나아질 거야."

"네."

혜주는 고마움이 가득한 눈빛으로 대답했다.

혜주 엄마를 치료하는 동안 그녀는 자신들이 처한 상황에 대해서 설명을 해주었다.

혜주 아버지 민성환은 함경북도 청진시에 있는 태평무역회사 사장 겸 총정치국 소속 대좌(대령)의 신분으로, 돈과 권력을 양손에 쥐고 흔드는 청진시에서는 세 손가락 안에 드는 갑부였다고 한다.

태평무역회사는 북한 김정일의 비자금을 담당, 관리하는 39호실에서 운영하고 있다.

그런데 보름 전에 혜주 아버지 민성환이 일 때문에 중국에 가게 됐다.

그는 무역 회사 사장이기 때문에 중국을 비롯하여 외국에 다녀오는 일이 자주 있는 편이다.

그로부터 13일이 지난 어느 날 민성환이 평소에 신임하는 부하 직원 한 명을 집으로 보내 혜주 엄마 한유선과 혜주를 급히 피신시키는 일이 벌어졌다.

부하 직원은 혜주 모녀를 온성까지 데려다주고는 두만강을 도강하여 연길에 가서 전화를 하면 민성환이 데리러 나올 것이라고 말하며 연길 전화번호를 가르쳐 주고 또 국경수비대 병사에게 모녀를 도강시켜 달라며 돈까지 주었다.

두만강을 건너면 중국 쪽에서 조선족 브로커가 나와 있을 것이며 그들이 연길까지 무사히 데려다줄 것이라는 말을 덧붙였다.

직후 부하 직원은 자신의 가족을 피신시켜야 한다면서 다시 청진으로 서둘러 돌아갔다.

하지만 결과적으로 혜주 모녀를 연길까지 안내할 브로커들은 인신매매범이었다.

그들은 흑사파의 일원으로서 혜주 모녀를 강간한 후에 사창가에 팔거나 포르노를 찍게 할 계획이었으나 정필에 의해서 무산되고 말았었다.

혜주 아버지 민성환과 흑사파 사이에는 어떤 커넥션이 있으며, 이미 흑사파가 민성환을 배신한 상황이었지만 혜주 모녀를 온성까지 안내한 민성환의 부하 직원은 그 사실을 까맣게 모르고 있었다.

어쨌든 혜주 모녀는 이후 정필의 도움으로 연길에 도착했으며, 그곳 공중전화에서 전화를 했더니 얼마 후에 민성환의 또 다른 부하 직원이 나와서 모녀를 백산호텔로 안내하고는 내일 아침에 오겠다는 말을 남기고 가버렸다.

첫 번째 부하 직원과는 달리 두 번째 부하 직원은 이후 민성환이 보위부에 체포되자 혜주 모녀를 모른 체 남겨두고 도주해 버렸다.

다음 날 아침에 온다고 했던 두 번째 부하 직원은 정오가 다 되도록 오지 않았다.

한유선이 북한에서 부하 직원에게 받은 전화번호로 전화를 해봤으나 아무도 받지 않았다.

불안해진 혜주가 정필에게 전화를 하자고 말했지만 한유선은 조금 더 기다려 보자고 버텼다.

이때까지만 해도 한유선은 정필뿐만 아니라 아무도 믿지 못하고 있었다. 오로지 믿을 수 있는 사람은 남편의 부하 직원뿐이었다.

하지만 혜주가 무서움에 떨면서 울며 사정을 하는 통에 한유선도 어쩔 수 없이 동의를 하여 정필이 가르쳐 준 전화번호로 전화를 하여 도움을 청했다.

그때부터 혜주 모녀는 민성환의 부하 직원이나 정필 두 사람 중에 누군가가 와서 자신들에게 도움의 손길을 뻗쳐주기를 초조하게 기다렸다.

하지만 그로부터 한 시간 후에 찾아온 것은 전혀 예상하지 않았던 3명의 험상궂은 사내였다.

민성환의 심부름으로 왔다는 말에 혜주 모녀는 사내 3명을 방으로 들어오게 했다.

그러나 일단 방으로 들어온 사내들은 태도가 돌변하여 다짜고짜 혜주 모녀를 죽일 듯이 때리면서 강간했다.

불과 30분이라는 짧은 시간에 혜주 모녀는 지옥의 나락으로 굴러떨어졌으며, 그녀들이 강간을 당한 직후에 정필이 찾아왔던 것이다.

"그놈들은 흑사파라는 폭력 조직의 건달입니다."

얘기를 듣고 난 정필이 말하면서 한유선의 몸을 조심스럽게 뒤집었다.

"아아⋯⋯."

온몸이 멍투성이인 한유선은 정필이 최대한 천천히 조심하면서 몸을 뒤집는데도 신음 소리를 냈다.

그녀의 몸 뒤쪽은 앞쪽에 비해 멍이 더 심했다. 어깨부터 뒷목, 등, 옆구리, 엉덩이, 허벅지, 다리가 온통 퍼렇고 붉은 멍으로 뒤덮였다.

이렇게 심하게 두들겨 맞았으면서도 뼈가 부러지지 않은 게 이상할 정도다.

"어마이, 많이 아픔까?"

아프기도 하지만 약을 발라서 꼼짝도 하지 못하는 혜주가 얼굴만 한유선 쪽으로 돌리며 염려스럽게 물었다.

"아아⋯⋯."

그렇지만 엎드려 있는 한유선은 대답을 하지 못할 정도로 고통스러워했다.

정필은 그녀의 고통이 가라앉기를 기다렸다가 다시 약을 바르면서 물었다.

"혜주 아버지가 흑사파하고 연관이 있습니까?"

"음⋯ 저는 흑사파라는 말을 선생님에게 처음 들어봅니다."

정필은 한유선이 남편 민성환이 하는 일에 내해서 거의 모르고 있었을 것이라고 짐작했다. 그녀의 설명은 거의 표면적인 것뿐이었지 구체적인 내용은 없었다.

그렇지만 흑사파가 민성환을 연변 주재 북한 보위부에 넘겼으며, 혜주 모녀가 묵고 있는 호텔 객실까지 정확하게 알고 찾아와서 강간을 한 것으로 봐서는 민성환이 하던 무역업에 흑사파가 개입되었을 가능성이 크다.

정필의 손길이 어깨와 등에 닿을 때는 신음 소리를 내던 한유선이 허리 아래 엉덩이에 약을 바를 때는 입을 꼭 다물고 아무 소리도 내지 않았다.

아프지 않아서가 아니라 지독한 고통 중에도 부끄러움을 느끼기 때문이다.

정필 역시 한유선의 엉덩이와 허벅지 뒤쪽에 약을 바르는 동안 아무 말도 하지 않았다.

통통한 엉덩이와 허벅지 뒤쪽에 약을 바르자면 그녀의 은밀한 부위가 적나라하게 드러날 수밖에 없다.

정필은 혜주 모녀를 위해서 한 가지 일을 더 해주었다.

급히 중고 TV를 한 대 구해 와서 침대에 누워서도 잘 보이는 곳에 설치를 해준 것이다.

하루 종일 침대에 누워 있어야 하는 그녀들을 위한 배려다.

또한 그녀들에게 대한민국이 어떤 나라인지 실상을 알려주고 싶기도 했다.

"선생님, 저……."

TV에서 나오는 한국 방송을 신기한 표정으로 보던 한유선이 조심스럽게 정필을 불렀다.

"정낭에 가고 싶습니다."

탈북자들을 상대해 온 정필은 '정낭'이 화장실이라는 사실을 알고 있었다.

정필은 약을 바르고 아직 옷을 입지 않은 한유선을 안아서 화장실 변기에 앉혀주고 밖으로 나왔다.

화장실 밖에 서 있는 그에게 한유선이 끙끙거리는 소리가 들렸지만 그로서는 어떻게 해줄 수가 없어서 듣고만 있었다.

"다… 누었슴다……."

소변을 봤는지 잠시 후에 한유선이 다 죽어가는 소리로 정필을 불렀다.

정필이 문을 열고 들어가는데 변기에 앉아 있던 한유선이 옆으로 스르르 쓰러지고 있어서 급히 붙잡았다.

정필은 한유선을 안아서 침대에 눕히고 이번에는 혜주를 화장실에 데려다주었다.

방금 한유선이 쓰러지는 모습을 봤기 때문에 이번에는 혜주 앞에 서서 그녀를 붙잡아주었다.

모녀를 침대에 나란히 눕힌 후에 정필은 새로운 고민에 빠졌다. 두 여자는 당분간 꼼짝도 하지 못하는 신세라서 누군가 옆에서 그녀들의 수족이 돼주어야만 한다.

그런데 그녀들은 김길우의 아내 이연화는 물론이고 어느 누구의 손길도 거부하고 오로지 정필 한 사람에게만 의지하고 있는 형편이다.

그렇지만 정필은 할 일이 많은 사람이라서 그녀들 곁에만 붙어 있을 수가 없다.

"혜주 어머니."

"네."

"나는 이만 가봐야겠습니다."

"……."

정필은 차분하게 말했다.

"형수님에게 부탁할 테니까 용무가 있으면 형수님을 부르도록 하십시오."

"……."

한유선은 아무 말도 하지 않았고 TV를 보던 눈마저도 감아버렸다.

"오라바이."

대신 혜주가 조심스럽게 입을 열었다.

"오라바이 볼일 다 보시고 여기에 와서 우리하고 같이 자면 안 되겠슴까?"

"혜주야."

"저하고 어마이하고 볼일이 급해도 오라바이 오실 때까지 참겠슴다."

정필이 생각해 보니까 혜주 모녀는 꼼짝도 못하는 상황이라서 부축하는 정도로는 안 된다.

그녀들을 직접 안아서 화장실에 앉혀줘야 하는데 이연화는 그럴 힘이 없다.

더구나 김길우에게 그런 일을 시키겠다고 하면 혜주 모녀는 차라리 죽겠다고 버틸 것이 분명하다.

정필이 김길우네 집에서 영실네 아파트로 전화를 했더니 영실이 받고는 한국에서 소포가 와 있다고 말해주었다.

오늘 밤에는 밖에서 자게 됐다는 말을 전하려던 정필은 소포를 가지러 영실네 아파트에 잠시 다녀오기로 했다.

영실네 아파트에는 뜻밖에도 은애와 은주가 보이지 않았다.

"은주는 진희하고 둘이서 아버지하고 남동생 보러 베드로의 집에 갔슴다."

항상 문을 열어주던 향숙은 보이지 않고 순임이 생글생글

웃으며 말했다.

은애가 보이지 않는 것은 은주를 따라서 베드로의 집에 갔기 때문일 것이다. 하루 종일 집에서 정필이 오기만 기다렸을 은애였을 테니까 은주를 따라나선 것은 선택의 여지가 없었을 것이다.

"오라바이, 오셨습까?"

명옥이 달려와서 정필에게 찰싹 안기며 반가워했다. 명옥 엄마와 남동생 명호는 조금 떨어진 곳에서 꾸벅 허리를 굽히며 인사했다.

정필은 명옥 엄마에게 다가가 미소 지었다.

"지내시기는 어떻습니까? 불편하지 않습니까?"

명옥 엄마는 깜짝 놀라 손을 내저었다.

"어디요? 일없습다. 먹는 거하고 자는 거이 여긴 다 별천지처럼 편함다."

그녀는 쭈뼛거리면서 겨우 말했다.

"경황이 없어서리 선생님에게 하늘처럼 크신 은혜를 입고서도 아직 변변하게 인사도 못 드렸습다."

"그런 말씀 마세요."

"아임다. 선생님께선 고조 굶어 죽을 우리 가족 목숨 3개를 살려주신 거임다. 그리고 명옥이한테 얘기 들었습다. 인신매매당한 명옥이를 구해주신 거이……."

명옥 엄마는 말을 끝맺지 못하고 어깨를 들먹이며 흐느꼈다.

며칠이나 굶어서 집에 누워 있는 엄마와 남동생을 살리겠다고 먹을 것을 구하러 두만강을 넘어 중국에 간 딸이 인신매매단에게 붙잡혀서 팔려 갈 위기에 처했었다는 생각을 하자 서러움이 북받쳐 오른 것이다.

"으흑… 흑……."

갑자기 흐느껴 우는 명옥 엄마를 보면서 당황한 정필은 어떻게 해야 할지 몰라 멀뚱히 서 있다가 한 걸음 다가서서 그녀를 가만히 품에 안았다.

정말 30㎏도 안 나갈 것처럼 비쩍 마른 명옥 엄마의 몸이 파드득 떨었다. 정필이 자신을 안아줄 것이라고는 상상조차 못했기 때문이다.

그렇지만 그녀는 곧 서러움이 사라지고 그 대신 편안함이 물밀듯이 엄습하는 것을 느꼈다.

"이제는 다 괜찮습니다. 대한민국에 가서 행복하게 사실 일만 남았습니다."

정필이 커다란 손으로 등뼈가 만져지는 앙상한 등을 부드럽게 쓰다듬자 명옥 엄마는 감격의 눈물을 그치지 못하고 봇물이 터진 듯 흐느껴 울었다.

눈물이란 것이 원래 전염성이 강한 것이어서 둘러선 여자들 모두 소리 죽여서 울었고, 순임이 명옥 엄마의 손을 잡으며 울음 섞인 목소리로 말했다.

"아주마이, 여기 있는 우리 모두 정필 오라바이가 구해주지 않았으면 지금쯤 중국 남자에게 팔려가서 개돼지처럼 살고 있을 거임다."

순임은 정필의 팔을 붙잡고 그의 어깨에 뺨을 부비면서 울었다.

"그리고 정필 오라바이는 우릴 이렇게 안전하게 보호해 주고 있을 뿐만 아이라 또 얼마 있으면 우릴 대한민국으로 보내줄 거이니까 죽을 때까지 오라바이 은혜를 잊으면 그건 짐승이야요."

여자들이 정필에게 모여들어 그의 어깨와 팔, 등에 달라붙어 나직하게 흐느껴 울었다.

새로 온 상희를 비롯한 4명의 여자가 보이지 않아서 물어보니까 다들 밥을 배터지게 먹고 나서 방에서 죽은 듯이 자고 있다는 것이다.

정필이 안방으로 들어가는 걸 보고 다들 TV를 보려고 거실에 옹기종기 모여 앉았다.

탈북녀들은 한국 드라마나 방송을 보면서 부지런히 대한민국을 학습하는 것이 매일의 일상이다.

정필은 평소처럼 향숙이 문을 열어주지 않아서 그녀가 안방에 영실과 같이 있는 줄 알았는데 안방에는 누워 있다가 방금 일어난 영실만 혼자 앉아 있었다.

"다녀왔습니다."

"어서 오기요. 고생했슴둥."

하루 종일 누워 있어서 머리카락이 부스스한 영실이 환한 미소로 정필을 맞이했다.

"여기 소포 왔어."

영실이 이불 옆에 놔두었던 도시락 크기의 작은 종이 상자를 내주었다.

상자를 싼 포장지에는 정필의 눈에 익은 할아버지 최문용이 적은 서울 반포 집 주소가 적혀 있었다.

정필은 포장지를 뜯으면서 영실에게 물었다.

"향숙 누님은 어디 가셨습니까?"

"향숙이 못 봤어?"

"네."

"걔가 어디 갈 데가 있겠슴둥? 아마 부엌에 있을 거이야."

"무슨 일 있었습니까?"

정필이 오면 제일 먼저 현관문을 열고 반겨주던 향숙이 코빼기도 내비치지 않는 것은 정말 이상한 일이다.

"내 입이 방정이지 앙이 함메."

"왜요?"

포장지 안에 상자가 나오자 정필은 손길을 멈추고 영실을 쳐다보았다.

"향숙이가 정필 씨 사랑하고 있다고 내가 말했던 거이 기억하우까?"

"그랬죠."

"그때부터 나를 원망하면서리 앞으로 정필 씨 얼굴을 어케 보냐고 세상이 망할 것처럼 고민을 하더구마이."

정필은 염려했던 큰일이 아니라서 마음이 놓여 빙그레 미소를 지으며 상자를 열었다.

"곧 풀어지겠죠."

"앙이 풀어진다이. 향숙이 쟤 황소고집이야."

상자 안에는 오래된 하모니카 하나와 빛바랜 흑백사진 한 장, 그리고 편지가 들어 있었다. 정필은 먼저 사진을 집어 들었다.

"정필 씨네 가족이우까?"

같이 사진을 보던 영실이 물었다.

흐릿하고 또 구겨진 흑백사진에는 부모와 자식 이남일녀 모두 5명이 다정하게 포즈를 취한 모습이 시간이 멈춘 것처럼 새겨져 있었다.

"할아버지 가족이에요."

정필은 사진 속의 젊은 부모를 가리켰다.

"이분이 할아버지고 이쪽 분이 회령에 사시는 할머니."

그다음에는 두 사람 사이에 서 있는 두 명의 어린 남자아이와 할아버지 품에 안겨 있는 아기를 각각 가리켰다.

"이분이 우리 아버지시고 이쪽 분은 작은 아버지, 그리고 할아버지한테 안겨 있는 아기가 고모입니다."

영실은 그윽한 얼굴로 사진을 쓰다듬었다.

"정필 씨 할머니하고 작은아버지가 살아계시다니, 그분들이 할아버지 소식을 들으면 얼마나 기뻐하실까?"

이제 며칠 후면 그런 기적 같은 일이 현실에서 실제로 일어날 것이다. 그리고 정필은 무슨 일이 있어도 할머니와 작은아버지 가족을 북한에서 탈북시켜서 할아버지와 만나게 해주고 싶다.

정필은 할아버지 최문용이 고향에 있을 때 자주 불었고, 또 피난 나올 때도 갖고 와서 고향에 두고 온 아내와 자식들이 그리울 때마다 불었던 하모니카를 들고 한동안 쓰다듬다가 마지막으로 편지를 읽었다.

그 편지는 최문용이 친필로 쓴 것으로써 여기저기 눈물자국이 번져 있었으며 정필이 아니라 회령의 할머니에게 보내는 것이었다.

정필이 편지까지 다 읽기를 기다렸다가 영실이 진지한 얼굴로 부탁했다.

"정필 씨가 향숙이 좀 달래봐."

"내가요?"

"향숙이 달랠 사람은 정필 씨밖에 없어."

향숙은 불을 꺼서 어두컴컴한 주방 한구석에 서서 마른 수건으로 그릇을 닦고 있었다.

정필이 주방으로 들어가다가 멈춰서 잠시 지켜보니까 향숙은 정면의 찬장을 물끄러미 응시하면서 그릇 하나를 붙잡고는 계속 문지르고 있었다. 그녀는 그릇을 닦는 게 아니라 딴 생각에 잠겨 있는 것이었다.

정필은 넋이 나간 것 같은 향숙의 모습을 보고는 영실에게 들은 것보다 그녀의 상태가 더 심각하다는 생각이 들어서 어떻게든 풀어줘야겠다고 마음먹었다.

그는 향숙 옆으로 다가가 친근하게 그녀의 허리에 팔을 두르며 속삭이듯이 불렀다.

"향숙 누님."

"에구머니……."

향숙은 화들짝 놀라서 하마터면 그릇을 떨어뜨릴 뻔했다.

"향숙 누님 화났습니까?"

"제가요? 일없습다."

두 사람은 마주 섰지만 향숙은 정필의 눈을 똑바로 쳐다보지 못했다.

"날 보세요."

"……"

그러나 향숙은 고개를 푹 숙였다.

정필은 향숙이 티 한 점 없이 순수한 성격이라는 것을 알기에 어떻게 위로를 해야 할지 몰랐다.

보통의 남자라면 이런 상황에서 짜증을 내야 정상일 것이다. 정필 혼자서 동분서주하며 어려운 일들을 다 처리하고 있는데, 이제는 자기가 구해준 여자의 기분까지 맞춰줘야 하는 상황이니까 짜증이 날 만도 하다.

어쩌면 예전의 정필이었다면 발끈 화를 내거나 이런 일은 신경도 쓰지 않았을 것이다.

하지만 현재의 그는 북한에서 탈북한 사람에게는 무슨 일이 있어도 화를 내지 않으며 무조건 백번, 천번 양보하는 부처님 가운데 토막 같은 성격으로 변했다.

탈북자들이 얼마나 각박한 상황에서 생활해 왔으며 또한 그들 모두가 처절한 사선을 넘어 지금에 이르렀다는 사실을 너무도 잘 알고 있기 때문이다.

더구나 정필과 향숙은 다른 탈북자들과는 다른 둘만의 특별하고 밀접한 관계가 형성되어 있다.

만약 지금 이 시점에서 정필이 짜증이나 신경질을 부린다든지 무관심해 버리면 향숙은 크게 낙담할 것이 분명하다.

향숙에게는 정필이 전부다. 정필은 그녀의 남편이고, 아버지이며, 남동생이다.

그렇기에 정필에게 버림을 받았다고 생각하면 향숙은 헤어나기 어려운 절망에 빠질 것이다.

물론 정필은 지금 짜증이 나지도 않았으며 향숙에게 무관심하지도 않다. 오히려 의기소침한 그녀를 위로하기 위해서 최선을 다하고 있다.

슥—

정필은 두 손으로 향숙의 양 뺨을 잡고 가만히 들어 올렸다.

그가 물끄러미 들여다보니까 향숙의 눈동자가 정필을 바라보지 못하고 이리저리 마구 굴러다녔다.

"향숙 누님, 날 보세요."

향숙은 자신의 양 뺨을 잡고 있는 정필의 억센 힘에서 도망치지도 못하고 허둥거리다가 간신히 용기를 내서 그의 눈을 마주 바라보았다.

"나도 향숙 누님 좋아합니다. 알고 있죠?"

"……."

향숙이 그걸 알 리가 없다. 하지만 정필은 그녀를 좋아하고 있다. 물론 향숙이 원하는 방법은 아니지만.

정필은 그녀를 가만히 품에 안고 등을 쓰다듬었다.

"괴로워하지 마세요. 우린 아마 죽을 때까지 인연을 이어갈 겁니다."

향숙이 품속에서 고개를 들더니 그를 올려다보면서 비로소 배시시 미소를 지었다.

"정필 씨는 참 좋은 사람임다."

정필은 향숙의 궁둥이를 툭툭 두드렸다.

"향숙 누님도 좋은 여자입니다."

정필은 향숙의 얼굴이 빨개지는 걸 보고 그녀의 마음이 풀렸다는 것을 깨달았다.

'이렇게 순진하다니……'

향숙은 정필이 궁둥이를 두드리고 나서 이번에는 궁둥이를 쓰다듬자 심장이 터질 것처럼 쿵쾅거렸다.

"어… 향숙 누님, 살 많이 올랐군요? 엉덩이가 탱탱합니다."

"그… 그렇습까?"

"한국에 갈 때쯤엔 굉장한 미인이 될 것 같습니다. 한국 남자들 줄 세워놓고 골라도 되겠습니다."

"저는 그런 거이 일없슴다."

향숙은 어디에서 그런 용기가 생겼는지 두 팔로 정필의 허리를 안고 그의 가슴에 뺨을 묻었다.

"저… 저는 그냥 정필 씨 곁에만 있으면 됩다."

정필은 빙그레 웃었다.

"향숙 누님 지금 나한테 청혼하는 겁니까?"

"아… 아입다. 저 같은 것이 어찌… 저는 평생 정필 씨 곁에서 밥해주고 청소해 주면서 그렇게 살고 싶습다……."

"말만 들어도 고맙습니다."

정필은 향숙의 머리를 부드럽게 쓰다듬었고, 향숙은 이대로 죽어도 좋을 만큼 행복했다.

정필은 혜주 모녀에 대해서 말해주고 또 혜주 아버지에 대해서 물어볼 것이 있어서 김낙현에게 전화를 걸었다.

그런데 전화를 받은 김낙현의 목소리가 조금 들떠 있는 것 같았다.

"우리 만나서 얘기합시다."

정필이 혜주 모녀 얘기를 꺼내기도 전에 김낙현이 만나기를 청해서 그러자고 했다.

정필은 영실네 아파트를 나가기 전에 베드로의 집에 전화해서 은주가 잘 도착했는지 확인했다.

전화를 받은 은주는 정필이 오늘 밤 밖에서 자야 한다는 말을 듣더니 그럼 자기도 오늘 밤은 아버지와 은철이하고 지내고 내일 아침에 영실네 아파트로 올 거라고 했다.

정필은 은주 특히 같이 간 은애가 걱정됐으나 은애가 가족과 하룻밤쯤 함께 보내는 것도 좋은 일이라고 생각했다.

밤 8시 경에 정필은 김낙현을 만나기로 한 연길 시내의 어느 한식당으로 들어섰다.

그런데 김낙현은 혼자가 아니라 30대 초반의 건장하고 잘생긴 양복을 입은 남자와 함께 앉아서 기다리다가 정필이 들어서자 일어서며 반갑게 맞이했다.

정필은 처음 보는 남자가 북한 보위부에 납치됐던 연변 주재 안기부 요원이며 김낙현의 사위일 것이라고 짐작했다.

"이진철입니다."

눈이 부리부리하고 잘생긴 김낙현의 사위가 정중하게 허리를 굽히며 인사했다.

"최정필입니다."

정필과 이진철은 굳게 악수를 하고 자리에 앉았다.

정필의 시선은 자연스럽게 이진철에게 향했다. 정필은 사람을 한 번 대면하고 상대의 깊이를 헤아리는 심미안(審美眼) 같은 것은 없지만, 이진철에게서는 매우 서글서글한 첫인상을 받았다.

"주임님께 밀씀 들었습니다. 징필 씨 덕택에 구사일생 실아서 돌아왔습니다. 정말 고맙습니다."

정필은 손을 내저었다.

"김낙현 씨에겐 내가 개인적으로 더 많은 도움을 받고 있기 때문에 그런 말을 들을 자격이 없습니다."

원래 정필은 공치사 같은 것을 잘 하지 않고 마음속에 있는 것만 직설적으로 내뱉는 성격이다.

그의 말은 사실이다. 정필은 김낙현에게 북한 보위부 상위 권보영을 넘겨주었을 뿐이지만, 김낙현은 정필을 직접 도와서 용정의 농장에서 17명의 탈북녀를 구했었다.

만약 김낙현의 도움이 아니었다면 17명의 탈북녀를 구하는 일은 불가능했을 것이다.

물론 그녀들 중에 3명이 죽었지만 그것은 정필이나 김낙현의 잘못이 아니다.

객관적으로 봤을 때 이진철 한 명의 목숨과 탈북녀 14명의 목숨을 비교할 수는 없다.

더구나 정필은 한식당 화장실에서 자신을 습격한 권보영을 때려눕혀서 볼보 트렁크에 싣고 있었으며, 사실 그녀를 처리하는 것도 고민거리였다.

그것을 김낙현에게 떠넘겼는데, 누이 좋고 매부 좋은 격이 돼버린 것이다.

이곳 한식당에는 한국에서 수입한 소주가 있어서 일행은 돼지갈비를 안주 삼아서 술을 마셨다.

"고문당하지 않았습니까?"

정필은 이진철에게 그 점이 궁금했다. 이진철은 겉보기에는 멀쩡해서 고문당한 것 같지는 않았다.

보통 대한민국 사람이 북한에 납치되든가 북한하고 연관이 되면 좋게 끝나는 경우가 없는 것으로 알고 있는 정필이라서 그 점이 궁금했다.

"고문당하기 전에 풀려난 겁니다. 함경북도 온성군 남양 보위부에 갇혀 있었는데 거기에서 청진이나 함흥도 보위부로 이송됐다면 지독한 고문을 당하는 것은 물론이고 아마 풀려나는 것도 어려웠을 겁니다."

이진철은 고개를 절레절레 가로저었다.

"첫 단추가 잘못 끼워지면 대부분 그것으로 끝입니다. 북한에 납치됐다가 풀려난 사람은 거의 없습니다."

이진철의 말에 김낙현이 보충 설명을 했다.

"이 친구가 북한 땅에 불법 침입을 한 것이 아니라 중국 영토인 도문에서 북한 함경북도 남양 보위부 요원들에게 납치된 것이기 때문에 그 사실을 쉬쉬하면서 나중에 어떻게 될지 몰라서 고문을 하지 못한 겁니다."

"도문에서 납치됐군요."

"그렇습니다. 대한민국 사람이 중국 영토에서 납치되면 외교 문제로 번질 수도 있습니다. 게다가 북한으로서는 권보영이라는 귀중한 자원을 뺏길 수 없었을 겁니다."

이진철이 돼지갈비를 구우면서 가위로 자르고 잘 익은 고기를 김낙현과 정필 앞에 가지런히 놔주면서 빙그레 미소 지었다.

"결과적으로 나보다는 권보영이 훨씬 중요하다는 얘기지요."

"얼마 전에 북한 무역 회사 사장이 대한민국에 망명을 하겠다고 컨택이 왔었습니다."

고기를 굽던 이진철은 설명을 하는 김낙현을 슬쩍 쳐다보았다. 정필에게 그런 기밀 사항을 얘기해도 되느냐고 묻는 무언의 시선이지만 김낙현은 못 본 체했다.

김낙현은 소주잔을 기울이며 진지한 표정을 지었다.

"워낙 거물이라서 우리도 깜짝 놀랐습니다. 처음에는 북한 무역 회사 직원이라는 사람이 극비밀리에 연락이 왔기에 연길에서 내가 직접 만났었는데, 대화를 해보니까 이건 그냥 평범한 무역 회사 사장의 망명이 아니라 북한 로동당 전체를 뒤흔들 수 있는 초대형 사건이었습니다."

세 사람은 꾸준히 소주잔을 부딪치면서 술을 마시고, 정필은 김낙현의 얘기에 **빠져들었다.**

"그 무역 회사 사장의 부하 직원 말에 의하면 사장은 홍콩과 마카오에 있는 은행 비밀 계좌에 김일성에 이어서 김정일의 비자금을 관리하고 있었습니다. 20여 년 동안 무역 회사를 운영하면서 벌어들인 수익금이 꼬박꼬박 두 군데 은행 비밀 계좌로 들어갔었는데 그 액수가 어마어마한 겁니다."

김낙현은 흥분을 가라앉히려는 듯 술잔을 입에 쏟아붓고는 손등으로 입술을 닦았다.

"그런데 그 사장이란 인물이 요 근래에 기존의 비밀 계좌를 폐쇄하고 새로운 비밀 계좌를 열어 비자금을 모조리 그곳으로 옮겨놨답니다. 그러고는 그 사장이 그 비자금을 갖고 대한민국으로 망명을 하겠다고 나한테 망명 의사를 타진했던 겁니다."

정필은 묵묵히 술을 마시면서 들으며 어쩌면 그 무역 회사 사장이 혜주 아버지 민성환일 수도 있을 것이라는 가능성을 열어두었다.

혜주 엄마 한유선이 해준 얘기와 김낙현의 얘기가 어느 부분에서는 비슷하기 때문이다.

"무역 회사 사장의 망명이 이루어진다면 북한 정권은 큰 타격을 받을 게 분명합니다. 그 인물은 비자금뿐만 아니라 북한 39호실이 운영하는 해외 무역 회사들에 대한 거의 모든 정보를 다 갖고 있다고 했습니다."

김낙현은 정필이 아들뻘인데도 꼬박꼬박 존대를 하고 또 행동에서도 한 치의 어긋남이 없다.

"그래서 나는 그것의 진위 여부에 대한 확인 작업에 들어갔습니다. 그 결과 그 말이 모두 사실이며, 또한 무역 회사 사장이 대한민국에 망명을 하려는 진짜 이유가 무엇인지 알아냈습니다."

김낙현이 조사한 바에 의하면, 올해 11월 북한 청진시에 주둔해 있는 6군단이 쿠데타를 일으키려고 만반의 준비를 갖추었다가 발각되는 일이 벌어졌었다.

평양의 총정치국에서 6군단에 대한 전격적인 내사를 벌인 결과, 6군단 쿠데타의 주축인 2인자 정치위원과 3인자 보위부장이 6군단장을 모의에 가담시키려다가 반발하니까 암살했으며, 수십 명의 군관이 쿠데타 모의에 가담했다는 사실이 낱낱이 밝혀졌다.

그리고 청진시 태평무역 사장이 쿠데타 자금을 대고 있었다는 사실이 뒤늦게 드러났다.

6군단 정치위원과 보위부장 이하 쿠데타 모의에 가담한 군관들이 줄줄이 체포되어 평양으로 압송됐다.

태평무역 사장이 쿠데타 세력에 자금을 댔다는 사실이 밝혀질 때쯤 그는 중국에 나가 있었다.

또한 보위사령부 체포조가 사장 집을 덮쳤으나 가족은 이미 사라진 후였다.

"결국 무역 회사 사장의 망명은 불발로 끝났습니다. 사장은 연길에 숨어 있다가 보위부에 체포되어 북한으로 끌려갔으며, 그 이후에 이 친구가 도문에서 사장의 측근과 접선하다가 감시하고 있던 보위부 요원들에게 납치됐던 겁니다."

김낙현은 고기를 거의 먹지 않고 깡소주만 마셔댔다.

"안기부에서는 이 일에 지대한 관심을 보여서 사장의 망명에 총력을 기울이려고 했지만 우리가 손을 쓰기도 전에 사장이 보위부에 체포된 것입니다."

김낙현은 이진철을 바라보며 미소 지었다.

"무역 회사 사장의 망명은 불발로 끝났지만 그래도 이 친구가 무사히 돌아와서 다행입니다."

정필이 지나가는 말처럼 물었다.

"그 사장 이름이 뭡니까?"

"민성환입니다."

정필의 예상이 맞았다. 혜주 아버지 민성환이 쿠데타에 가담했었던 것이다.

김낙현은 고개를 갸웃거렸다.

"그 사람이 이쩌서 북한하고 아주 가까운 연길에서 얼쩡거리고 있었던 것인지 모르겠습니다. 그가 우리 쪽에 도움을 청

312 검은 천사

하든가 아니면 해외에 나가 있었녀러면 보위부에 체포뇌시 않았을 텐데 말입니다."

정필은 그 이유를 알 것 같았다. 민성환은 연길에서 아내와 딸 혜주가 오기를 기다리고 있었을 것이다.

"저녁은 잡샀습까?"

정필이 김길우네 집에 들어가자 이연화가 반갑게 맞으면서 물었다.

정필이 보니까 거실 한가운데 먹음직스러운 밥상이 차려져 있으며 맛있는 냄새가 가득했다.

김길우 부부는 이 늦은 시간에도 저녁을 먹지 않고 정필을 기다리고 있었던 모양이다. 정필이 늦게라도 돌아올 거라고 말했기 때문이다.

정필은 김낙현, 이진철하고 진지한 대화를 하느라 별로 많이 먹지 않아서 김길우 부부하고 같이 늦은 식사를 겸해서 술이나 한 잔 더 하려고 마음먹었다.

"전복죽을 쑤어서 잡수라고 몇 번 문을 두드렸는데도 아무 대답도 없습니다."

김길우가 혜주 모녀가 있는 방을 쳐다보며 걱정스러운 표정을 지었다.

"이리 주십시오. 내가 먹이겠습니다."

이연화가 적당하게 식힌 전복죽 두 그릇을 쟁반에 담아서 내미는 것을 받으며 정필이 말했다.

"먼저 식사하고 있어요. 저는 조금 이따가 술이나 한잔하겠습니다."

척!

정필이 잠그지 않은 문을 열고 들어가자 혜주 모녀는 침대에 나란히 누워서 정면의 TV를 보고 있다가 동시에 정필을 쳐다보며 반색했다.

"오라바이!"

"오셨군요……."

혜주 얼굴에는 반가움이 가득했고 한유선은 얼굴이 일그러져서 표정을 알 수가 없지만 목소리에 반가움이 넘쳤다.

"오라바이, 어마이 볼일이 급하다."

정필이 전복죽을 먹으려고 침대로 다가가는데 혜주가 귀여운 얼굴로 종알거렸다.

정필이 쟁반을 내려놓고 한유선에게 다가가자 혜주가 좀 의기양양한 얼굴로 말했다.

"저는 너무 급해서리 혼자 정낭에 걸어가서 대변을 누었는데 한 시간이나 걸렸슴다. 너무 힘들어서 다음에는 절대로 혼자 가지 못하겠슴다. 그런데 어마이도 대변을 봐야 하는데 제가 어떻게 할 방법이 없었슴다."

정필이 이불을 걷자 한유선은 그가 치료를 해준 모습 그대로 벌거벗은 채 반듯하게 누워 있었다.

그는 한유선을 번쩍 안아서 조심스럽게 화장실 변기에 앉혀주었다.

"음……."

한유선은 앉아 있는 자체가 고통인지 신음 소리를 냈다.

"괜찮겠습니까?"

"네……."

인간인 이상 대소변을 볼 수밖에 없다. 그걸 하지 않으면 인간이 아니라 괴물이다. 그렇지만 인간은 그 당연한 대소변 보는 일을 부끄러워한다.

다행스러운 일은 정필이 그런 것에 대해서는 꽤 무덤덤하다는 사실이다.

인간의 가장 기초적인 생리 현상인 똥오줌을 더러워하고 기피한다면, 많은 일을 하지 못하게 될 것이라고 일찌감치 깨달았기 때문이다.

"여기에 기대십시오."

"아……."

정필은 한유선이 뒤로 기댈 수 있도록 해주고는 그녀에게서 손을 떼고 돌아서다가 그녀의 몸이 옆으로 스르르 쓰러지는 걸 발견하고 움찔 놀라 급히 붙잡았다.

"내가 잡고 있을 테니까 볼일 보십시오."

한유선의 눈빛이 크게 흔들렸다. 그렇지만 지금으로선 선택의 여지가 없는 상황이다.

볼일은 급한데 그녀 혼자서는 몸을 주체하지도 못하니 정필에게 의지할 수밖에 없다. 안 그러면 막말로 아무 데나 싸야만 한다.

정필이 앞에 서자 그녀는 상체를 숙여 얼굴을 그의 허벅지 사이에 묻고 두 손으로는 그의 두 손을 꼭 붙잡고 볼일을 보기 시작했다.

정필은 태어나서 처음으로 다른 사람이, 그것도 여자가 대변을 보는 동안 그 자리에 같이 있어주었다. 그리고 볼일을 다본 그 여자의 뒤처리까지 해주었다.

정필이 침대로 옮기기 위해서 안아 들자 그녀는 그의 귀에 대고 조그맣게 속삭였다.

"내래 염치가 없슴다."

"괜찮습니다."

정필의 부드러운 말이 그나마 한유선에게 위로가 되었다.

정필은 혜주 모녀에게 전복죽을 떠먹이면서 민성환에 대해서 언제 어떤 식으로 얘기를 해줄 것인지 생각했다.

그렇지만 그는 전복죽을 다 먹이고 나서 모녀에게 약을 발라주는 일이 끝날 때끼지도 민성환이 북한으로 끌려갔다는 말을 차마 하지 못했다.

정필이 김길우, 이연화와 술을 마시고 혜주 모녀에게 왔을 때 밤 12시가 넘었는데도 그녀들은 자지 않고 TV를 보고 있었다. TV가 재미있어서가 아니라 정필을 기다리고 있었던 것이다.

정필이 김길우가 준 이불을 침대 옆 바닥에 깔고 있는 것을 보고 혜주가 말했다.

"오라바이, 이제 우리는 어떻게 되는 검까?"

정필은 이불을 다 깔고 혜주 쪽 침대에 걸터앉아 리모컨으로 TV를 껐다.

"혜주 어머니, 드릴 말씀이 있습니다."

정필은 취기가 좀 오르기도 했지만 시간을 끌면 민성환에 대해서 얘기하는 게 점점 더 어려워질 것이라는 생각에 말을 하기로 마음먹었다.

혜주가 힘겹게 몸을 움직이면서 정필의 허벅지를 베려는 것을 보고 그는 자세를 다시 잡으면서 혜주를 조심스럽게 안아 그녀의 머리를 허벅지에 올려주었다.

"혜주 아버지 소식을 알아냈습니다."

정필은 혜주 머리를 쓰다듬으면서 서두를 꺼냈다.

잠시 침묵이 흐르다가 한유선이 가라앉은 목소리로 조심스럽게 말했다.

"혜주 아바이 돌아가셨지요?"

한유선과 혜주는 흑사파 건달들이 말해준 민성환이 보위부에 넘겨졌다가 처형됐다는 사실을 믿고 있었다.

"민성환 씨는 북조선으로 끌려갔습니다."

"아……."

한유선과 혜주 둘 다 똑같이 한숨 같기도 탄성 같기도 한 소리를 흘렸다.

민성환이 처형됐다고 알고 있었는데 북한으로 끌려갔다는 것은 아직 살아 있다는 뜻이므로 모녀는 그나마 안도하는 것 같았다.

정필은 더 이상 말하지 않았다. 민성환에 대해서 아는 것도 많지 않을뿐더러 확실하지 않은 것을 말하고 싶지 않았다.

"혜주 아바이는 저하고 나이 차이가 22살이나 나는데 결혼하기 전부터 무역 회사 일을 했었슴다. 결혼할 때 저는 19살이었슴다."

한유선이 마치 고해성사라도 하듯이 조용한 목소리로 얘기를 꺼냈다.

그녀의 목소리는 풀잎이 바람에 스치는 것처럼 사근거리고 나긋나긋해서 혜주의 듣기 좋은 목소리가 아마 그녀에게서 물려받은 것 같았다.

"그 사람하고 결혼을 하고서리 지금껏 15년이 흘렀지만 그 사람이 집에 있었던 시간은 다 합해도 몇 달도 안 될 거임다. 15년 동안 외국이니 뭐니 밖으로만 나돌았지요."

한유선은 정필의 허벅지를 베고 있는 혜주를 피멍이 붉게 든 눈으로 쓸쓸하게 바라보았다.

"그래서리 우리 혜주는 이날까지 아바이를 본 거이 아마 10번도 안 될 거야요. 아바이 정을 모르고 컸시오. 저도… 그 사람을 사랑하는 마음 같은 거이 눈곱만큼도 없시오. 그저 부부로만났으니끼니 그러려니 하고 살아왔시오."

한유선은 잠시 침묵을 지켰다가 다시 말했다.

"선생님, 이제 우리가 어떻게 하면 되겠슴까?"

정필은 한유선과 혜주가 오래전부터 민성환을 남편으로서, 그리고 아버지로서 포기하고 있었다는 사실을 느낄 수 있었다. 일말의 정조차 없으니까 당연한 일이다.

"대한민국으로 가십시오."

"거기 가면 우리 혜주하고 행복하게 살 수 있슴까? 저는 남편도 뭣도 필요 없고 고조 혜주만 있으면 됩다. 혜주가 잘 자라주는 거이 고거이 제일 걱정임다."

"내가 두 분을 책임지고 대한민국으로 보내 드리겠습니다.

그리고 두 분이 대한민국에 가면 틀림없이 행복할 겁니다. 내가 최선을 다해서 돕겠습니다."

혜주가 머리를 쓰다듬는 정필의 손을 잡더니 자신의 뺨으로 가져가서 가만히 비비고는 다시 손에 입을 맞추었다.

"선생님, 저기 등짐(배낭) 좀 갖고 와보기요."

한유선의 말에 정필은 일어나서 방구석에 놓여 있는 모녀의 유일한 짐인 배낭을 들고 와서 그녀 머리맡에 놓았다.

"혜주 아바이 말로는 여기에 아주 중요한 물건이 들어 있다고 그랬슴다. 그 사람은 아마도 이걸 기다리고 있었던 거 같슴다. 이걸 선생님에게 드리갔슴다. 열어보시라요."

다음 날 오전 연길의 어느 사설 장례식장에서 조촐한 장례식이 있었다.

장례식에는 정필을 비롯하여 은애와 은주, 강명도와 경미, 장중환 목사, 그리고 또 한 사람, 향숙이 참석했다.

탈북자로서는 은애와 향숙뿐인데 은주는 당서기가 발급한 특별신분증이 있어서 괜찮지만 향숙은 자칫 공안의 검문에라도 걸리면 그것으로 끝장이다.

그런데도 향숙이 위험을 무릅쓰고 장례식에 참석한 이유는 북한과 중국의 국경을 떠돌다가 덧없이 죽은 불쌍한 망자(亡者)들의 마지막 떠나는 길을 지켜보기 위해서다.

섭씨 수천 도의 회로 안에서 4개의 관과 그 안에 누워 있는 4명의 여자가 불길에 휩싸이고 있을 때 정필은 은주, 향숙과 함께 밖으로 나왔다.

저만치 높이 솟은 굴뚝에서 검은 연기가 꾸물꾸물 피어올라서 하늘 높이 흩어지고 있었다.

은주와 향숙은 정필의 양쪽에 서서 그의 손을 꼭 잡고 검은 연기를 바라보는데 하염없이 눈물을 흘렸다.

은애는 정필의 눈을 통해서 4명의 탈북녀가 검은 연기가 되어 흩어지는 광경을 보며 낮게 흐느끼며 중얼거렸고, 정필이 은애의 중얼거림을 자신의 입으로 되뇌었다.

"다시 태어나면 절대로 북조선에서 태어나지 마시오……."

그 말을 듣고 은주와 향숙이 후드득 몸을 세차게 떨더니 정필의 품에 안기며 참았던 울음을 터뜨렸다.

정필의 눈에는 높이 솟은 굴뚝 너머 망망한 하늘에 4명의 여자가 나란히 서서 미소를 지으며 손을 흔들고 있는 모습이 보이는 듯했다.

두만강 한가운데 몸이 얼음 속에 절반이나 박혀서 얼어 죽어 있던 여인과 정필에게 딸 유미를 부탁한다는 마지막 말을 남기고 그의 품에서 숨을 거둔 유미 엄마, 그리고 용정의 농장 차디찬 축사 바닥에서 조용히 그러나 비참하게 얼어서 죽어간 두 명의 젊은 여자가 생전의 고통을 모두 벗어버린 듯이 환하게 미소 지으며 손을 흔들었다.

　은주와 향숙을 품에 안은 정필은 흐려지고 있는 하늘의 네 여자들을 바라보며 중얼거렸다.

　"미안합니다……."

『검은 천사』 4권에 계속…

초대형 24시 만화방

신간 100%, 샤워실, 흡연실, 수면실(침대석), 커플석, 세탁기 완비

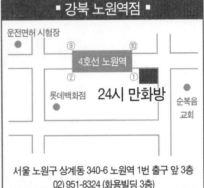

■ 강북 노원역점 ■

서울 노원구 상계동 340-6 노원역 1번 출구 앞 3층
02) 951-8324 (화용빌딩 3층)

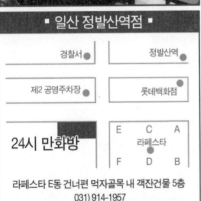

■ 일산 정발산역점 ■

라페스타 E동 건너편 먹자골목 내 객잔건물 5층
031) 914-1957

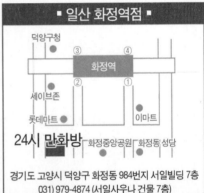

■ 일산 화정역점 ■

경기도 고양시 덕양구 화정동 984번지 서일빌딩 7층
031) 979-4874 (서일사우나 건물 7층)

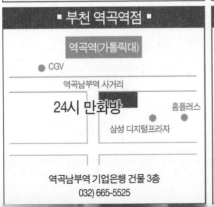

■ 부천 역곡역점 ■

역곡남부역 기업은행 건물 3층
032) 665-5525

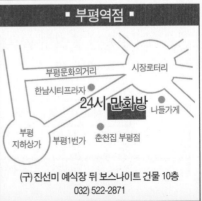

■ 부평역점 ■

(구) 진선미 예식장 뒤 보스나이트 건물 10층
032) 522-2871

paráclito

빠라끌리또

FUSION FANTASTIC STORY

가프 장편소설

막장 비리 검사가
최고의 검사로 거듭나기까지!
그에겐 비밀스러운 친구가 있었다.

『빠라끌리또』

운명의 동반자가 된 '빠라끌리또'가 던진 한마디.

-밍글라바(안녕하세요)!

그 한마디는 막장 비리 검사, 송승우의
모든 것을 통째로 리뉴얼시켜 버렸다.

빠라끌리또=Helper, 협력자, 성령.

Book Publishing CHUNGEORAM

유행이 아닌 자유추구 -
WWW. chungeoram.com

허담 新무협 판타지 소설
FANTASTIC ORIENTAL HEROES

신력을 타고났으나 그것은 축복이 아닌 저주였다.

『십자성 - 전왕의 검』

남과 다르기에 계속된 도망자의 삶.
거듭된 도망의 끝은 북방 이민족의 땅이었다.
야만자의 땅에서 적풍은 마침내 검을 드는데……!

"다시는 숨어 살지 않겠다!"

쫓기지 않고 군림하리라!
절대마지 십자성을 거느린
적풍의 압도적인 무림행이 시작된다!

Book Publishing CHUNGEORAM

사략함대 장편소설

FUSION FANTASTIC STORY

법보다 주먹!

2016년 대한민국을 뒤흔들 거대한 폭풍이 온다!

『법보다 주먹!』

깡으로, 악으로 밤의 세계를 살아가던 박동철.
그는 어느 날 싱크홀에 빠진다.

정신을 차린 박동철의 시야에 들어온 건 고등학교 교실.
그리고 그에게 걸려온 의문의 ARS는 그를 새로운 인생으로 이끄는데…….

빈익빈 부익부가 팽배한 세상, 썩어버린 세상을 타파하라!

법이 안 된다면 주먹으로!
대한민국을 뒤바꿀 검사 박동철의 전설이 시작된다!

Book Publishing CHUNGEORAM

유행이 아닌 자유추구 -
WWW.chungeoram.com

연기의 신

FUSION FANTASTIC STORY

서산화 장편소설

GOD OF ACTING

PRODUCTION
DIRECTOR
CAMERA
DATE   SCENE   TAKE

무대, 영화, 방송…
모든 '연기'의 중심에 서다!

『연기의 신』

목소리를 잃고 마임 배우로 활동하던 이도원은
계획된 살인 사건에 휘말려 비참한 죽음을 맞이한다.
그런 그에게 주어진 특별한 기회, 타임 슬립.

"저는 당신의 가면 속 심연을 풀어내는 배우입니다."

이제 그의 연기가 관객을 지배한다!
20년 전으로 되돌아가 완전한 배우로서의
삶을 꿈꾸는 이도원의 일대기!

Book Publishing CHUNGEORAM

유행이 아닌 자유추구 -
WWW.chungeoram.com